집으로 가는
23가지
방법

바일라 009

집으로 가는 23가지 방법

김혜진 장편소설

서유재

| 차례 |

#1

그 일들에 대해 쓰는 것은 나보다 모에게 더 어울리는 일이다. 모는 모든 것을 문장으로 옮기고 싶어 했고, 실제로 그렇게 했다. 모의 수첩과 노트북에는 이미 그 여름의 이야기가 빠짐없이 쓰여 있을 것이다. 그런데도 나는 내 나름의 기억을 정리해 보려 한다.

기억은 조금도 흐려지지 않았다. 얼마 지나지 않아서 선명한 것인지, 시간이 더 흐른 뒤에도 계속 이 상태일지 궁금하다. '마치 어제 일어난 일인 것처럼'이라는 말은 진짜일까?

우리는 기억을 먹고 산다. 가끔 꺼내 씹고, 맛보고, 도로 넣어 놓는다. 쓰거나 시거나 고소한 기억들이 밥솥의 밥처럼, 가방 속

껌처럼 뭉쳐 있다.

지금 손에 잡히는 기억은 이것이다.

아주 깨끗한 유리 앞에서, 모가 말했던 것.

"아주 깨끗한 유리를 가지고 싶어."

모는 옷 수선집 앞에 서 있었다. 70년대를 배경으로 한 드라마에나 나올 것 같은 가게였다. 비닐 스티커를 오려 붙인 간판의 글자, 옷깃에 큐빅을 단 초록 재킷과 어깨가 부푼 보라색 벨벳 원피스, 웅크린 새 같은 낡은 재봉틀. 가게 전면 유리만은 갓만들어진 것처럼 투명했다.

"오래되고 깨끗한 것들을 보면 기분이 묘해. 내가 가질 수 없는 것들이 생각나."

모는 모든 것을 '가지는 것'과 연결 지어 말하곤 했다.

가지고 있는 것―가지고 싶은 것―가질 수 없는 것―가져야 하는 것―가지게 될 것.

모가 문장을 쓰는 이유도 그래서였다. 문장으로 만들어 가지면 되니까. 풍경을, 사건을, 세상을.

"저 옷 참 예쁘다."

네이, 우리 모두가 사랑했던 네이가 말했다. 네이는 거기 걸린 옷들 못지않게 낡고 화려한 옷을 입고 있었다. 한 손에 꼽을 수 없을 만큼 많은 색깔로 이뤄진 옷들, 보풀이 일고 닳아 보드라워진 옷들이었다.

모는 그 말을 못 들은 척했다. 동의하지 않는 것에 대해서는 듣지 않은 것으로 치기. 그건 모가 자신을 보호하는 방법이자 관계를 유지하는 방법이었다.

지금은 이해할 수 있다. 알레르기처럼 올라오는 분노와 입안에 돋는 껄끄러운 가시들을 뱉지 않고 삼키느라 외면했다는 것을. 그때는 모가 너무 자신에 집중하느라 흘려듣는다고, 혹은 무시한다고 생각했었다.

네이가 총천연색 털실로 짠 머플러라면 모는 엉킨 철사였다. 지나치게 차가워졌다가 손을 델 만큼 뜨거워지곤 하는 어떤 것.

두 사람의 차이는 분명했다.

네이는 진열장 안의 것을 보고 모는 진열장의 유리를 보았다.

네이가 세상 모든 것에 사랑을 줄 수 있는 사람이라면 모는 세상 모든 것이 자신을 상처 입히리라 경계하는, 예상하는, 혹은 바라는 사람이었다.

그렇다면 나는 어떤 사람이었을까? 모와 네이는 나를 어떤 사람이라고 생각하고 정의 내렸을까?

간단하다. 나는 길을 찾는 사람이었다.

#2

길을 찾는 것은 우리 가족의 습성 같은 것이었다.

언니는 구글 어스에 미드나 영드에 나오는 주소를 쳐 보곤 했고, 오빠는 가지도 않을 여행상품의 일정표를 찾아 읽었다. 아빠나 엄마가 주말에 결혼식에 갈 것이고 밀릴 테니 차는 두고 간다고 하면 모두 동시에 지도 앱을 켰다. 버스, 아니면 지하철? 환승은 어느 역에서? 웨딩홀 셔틀을 탈 것인가, 차라리 걸어가는 게 빠를 것인가. 최소 시간과 최단 거리, 환승역의 복잡도. 출발 직전까지도 토론은 계속되었다.

병문안 온 이모와 외할머니에게 '어떻게' 왔느냐고 묻고, '그렇게' 오면 안 되고 '이렇게' 와야 했다고 설명하는 엄마를 보면

서도 이상한 걸 못 느꼈다. 지금 '그런 거' 생각할 때냐고 이모가
짜증 섞인 목소리로 말을 끊을 때까지도.

　　그러니 자연스러운 일이었다.
　　그해 봄, 비유가 아니라 있는 그대로의 뜻으로, 나는 집으로
가는 길을 찾기 시작했다.

#3

이사는 평일이었다. 고등학교에 입학한 지 한 달 만이었다. 전학은 필요 없었다. 나는 멀리 떨어진 학교에 지원하여 다니고 있었고 지금 동네에서나 이사 갈 동네에서나 걸리는 시간은 비슷했다.

이사 준비 과정은 내가 없을 때 주로 이루어졌다. 야자를 마치고 집에 가 보면 책장이나 옷장이 비워져 있었다.

이사 날에는 오빠가 석식 시간에 맞춰 나를 데리러 왔다. 평소 다니던 후문이 아니라 정문 앞에 서 있는 오빠를 보면서 집이 바뀌었고 그에 따라 집으로 가는 길도 달라졌음을 실감했다. 오빠는 정문 건너편 인도에 서서 바지 주머니에 손을 꽂고 발치를 내려다보고 있었다. 대학에 입학하자마자 붉게 물들인 머리카락은 색이 꽤 빠져 연한 주황색으로 보였다.

내가 나오는 것을 보고 오빠는 앞서 걸어갔다.

정문으로 나오면 오래된 가로수들이 줄지어 서 있는 구불구불한 정동길. 길 끝에 지하철 시청역. 1호선을 타면 곧 서울역. 서울역에서 지하철은 지상으로 올라온다. 남영역을 지나 용산역까지 가는 동안 왼편 창으로는 건물들의 뒷모습이 보였다.

간판도 광고도 없는, 쓰지 않는 가구들이 나와 있고, 빨랫줄이 걸린, 씻지 않고 빗지 않은 뒷모습. 그 모습은 집으로 가는 길을 찾는 동안 내가 가장 사랑하는 풍경이 되었다.

한강을 건너 노량진역, 그리고 대방역. 플랫폼에서 오빠가 집이 있는 방향을 가리켰다. 언덕 위에 있는 아파트였다.

"따뜻한 물이 잘 나오더라고."

오빠는 비밀을 털어놓듯이 말했다. 예전 집에선 샤워기 수도꼭지가 고장 나는 바람에 뜨거운 물을 제대로 쓰지 못했다. 세면대에 물을 받아 작은 플라스틱 바가지로 떠서 몸을 씻는 불편함을 한 달 넘게 견뎌야 했는데, 누구도 그에 대해 불평하지 않았다.

이 또한 우리 가족의 특징이었다. 불평하지 않는 것. 자기가 하지 않을 거면 다른 누군가 해야 한다고 주장하지 않는 것. 그러니 웬만큼 큰 문제가 아니면 불편한 상태는 꽤 오래가는 편이었다.

"오빠 학교 가는 건 편해졌어?"

"훨씬. 버스 한 번에 가. 넌?"

"비슷비슷해. 좀 나은가."

예전 집에서는 지하철역까지 마을버스를 타야 했다. 새 아파트는 지하철역에서 퍽 가까워 보였다.

"할아버지 돈이야? 집?"

오빠는 어깨를 으쓱했다.

"조건부겠지."

언니의 치료비는 전적으로 할아버지에게서 나왔다. 할아버지가 너희 언니를 얼마나 아끼는지 몰라. 엄마는 자주 말했다. 엄마는 태어나 두 달도 채 되지 않은 언니가 수술을 받게 되었을 때, 옷도 입힐 수 없어 천기저귀로 감싸 놓은 핏덩이 아기가 침대 위에 엎드려 있는 것을 보고 할아버지가 얼마나 울었는지에 대해 말하곤 했다. 그 에피소드는 엄마가 움켜쥔 담보였다.

"우리 정도면 절망적인 상황은 아니야."

오빠가 말했다.

"어떻게든 되겠지."

익숙한 말이었다. 이 정도면 괜찮은 거고, 어떻게든 될 거고, 안 되면 어쩔 수 없고.

집은 예상보다 넓었다. 방은 셋이었고 언니와 나에게 화장실 딸린 큰방이 주어졌다. 오빠는 부엌 옆 제일 작은 방, 엄마 아빠가 현관 옆 중간 방이었다.

언니는 거실 창가에 앉아 있었다. 넓은 창으로는 언덕의 나무들과 놀이터가 보였다. 언니는 손에 아직도 목장갑을 끼고 있었다.

"어떻게 왔어? 지하철 탔어? 큰길로 안 돌고 지름길로 왔지?"

엄마가 물었다. 엄마는 꽤 즐거워 보였다.

우리는 풀지 않은 상자 사이에 앉아서 엄마 아빠의 출근길과 나와 오빠의 등굣길에 대해, 언니의 병원길에 대해 이야기했다. 이사하기 전에 이미 충분히 이야기한 내용이었지만 질리지 않았다. 가장 효율적이고 합리적인 길에 합의하고서도 '이런 것도 있다'는 새로운 제안이 끊임없이 나왔다.

어쩌면 이런 것들이 누구에게도 상처 입히지 않고 우리가 말할 수 있는, 유일한 주제였는지도 모르겠다.

#4

학교는 나쁘지 않았다. 아니, 꽤 괜찮았다.

돌이켜보면 희한하게 별일이 없던 한 해였다. 아이들은 대체적으로 순했고 예민하게 굴지 않았다. 모와 이야기하고 있으면 앞자리 아이가 사탕을 건넸다. 다른 곳에서라면 날을 세웠을 아이들도 반에 있으면 그렇지 않았다.

아이들은 서로 어울려 다녔지만 그 무리에서의 소속감은 느슨했다.

뭘 열심히 하려는 아이도 없었다. 체육대회 일등을 해야 한다거나 합창대회에서 상을 타야 한다거나 하는 목표를 가진 아이도 없고, 목표가 없는 것을 탓하는 사람도 없었다.

우리를 감싸고 있었던 것은 미묘한 무책임이기도 했다. 포기라고 할까. 무관심, 아니면 아주 옅은 자조. 책이든 교과서든 선생들이든, 이미 있는 주장과 그들이 다루고 있는 것들은 안일해 보였다.

도덕이니 윤리니 하는 말들과 처벌이나 상도 어떤 껍질에 불과하다는 것을 우리는 알았다. 동시에 그러한 껍질이 필요한 이유까지도 받아들이고 있었던 것 같다. 너그럽게, 한 발 물러서서.

어차피 가장 중요한 건 살아남는 것이니까. 다른 무엇이든 살아 있어야 가능하다는 것을, 죽음은 먼 미래의 일이 아니라 바로 당장 우리의 일이 될 수도 있다는 것을 우리는 알았다. '살아남아야 한다', 그 말은 보이지 않는 급훈이었다.

그러므로 우리가 공유한 것은 불안이었다. 무엇도 믿을 수 없다는 불신은 지금 내 옆의 누군가에 대한 신뢰로 변했다. 아무리 학교의 시스템과 성적표에 찍혀 나오는 숫자들이 너희는 경쟁자이며 결코 동료가 될 수 없다고 주장해도, 그때의 우리는 서로를 믿었다.

눈앞에 살아 있는, 따스한, 냄새를 맡을 수 있는, 인간을.

긴 머리를 풀어 늘어뜨린 아이들은 손을 붙잡고, 팔짱을 끼고 걸었다. 회색 기모 후드와 흰색 플리스. 새 옷에서는 새 옷 냄새가 났다. 아직 구김도 없고 소매도 깨끗한 새 옷을 보면 슬퍼졌다. 하루이틀, 아니면 일주일. 새것은 낡아진다. 그 자체로 당연한 것인데 슬펐다.

─여기서 새로워지는 것은 너희들뿐이야.

생물선생이 말했을 때는 괜한 수사처럼 들려 시선을 피했다.

─너희는 아직 자라고 있으니까.

모든 것이 낡아지는데 우리만은, 아직 어린아이들만은 그렇지 않다고 한다. 꺼칠한 손등이나 뾰루지, 각질이 일어난 발뒤꿈치 같은 건 낡음과 상관없는 걸까? 충혈된 눈과 쓰린 속과 복잡한 머릿속 같은 건? 나는 내가 구겨진 영수증 같은데.

새 옷을 입고 머리를 새로 한 것만으로도 새로워질 수 있다는 건 속임수 같다고 생각했다.

#5

나를 깨운 건 시큼한 냄새였다. 철퍽, 뭔가 물에 떨어지는 소리가 났다. 언니가 토하고 있다. 순간 정신이 맑아졌다. 화장실에서 불빛이 새어 나왔다.

"언니 괜찮아?"

대답 대신 물소리가 들려왔고 나는 화장실 문을 여는 대신 엄마 아빠의 방문을 두드렸다. 반사적인 행동이었다. 망설이다가 시간을 놓친 적이 몇 번 있었다. 언니에게 먼저 물어봤다면 괜찮다고, 참을 수 있다고, 아침에 가겠다고 했을 것이다. 그 판단이 옳을지도 모르지만 나는 두 번 다시 예전 같은 경험은 하고 싶지 않았다.

설득과 망설임, 눈물과 짜증. 결론은 새벽의 응급실.

엄마 아빠와 언니가 그렇게 떠나고, 오빠는 방으로 들어갔지만 나는 다시 잠들지 못했다. 새벽 다섯 시였고 아직 창밖은 어두웠다. 불을 끈 채로 소파에 앉아 있었다. 창밖이 차차 밝아오고 거실 가구의 윤곽이 점차 뚜렷해졌다.

텔레비전 아래 전자시계의 숫자가 올라가는 걸 속절없이 바라보았다. 목이 졸리는 기분이 들었다. 7:40. 지금이라도 세수만 하고 교복으로 갈아입고, 뛰어나가 택시를 타면 그럭저럭 도착할 수 있을 것이다. 45. 52. 8:00. 지각은 하겠지만 가서 말만 잘하면…….

오빠가 방문을 열고 나왔다. 오빠가 이 시간에 일어나는 건 거의 없는 일이었다.

"뭐 해?"

오빠가 물었다.

울컥.

말로 옮기기 힘든 감정과 생각들이 올라왔다. 언니는 나를 원망하고 있을까. 어쩌면 아빠와 엄마도. 내게 불평할 자격 같은 건 없지. 하지만, 그래도. 어차피.

"오늘은 쉬어, 그냥."

오빠가 말했다.

"뭐라고?"

"학교 하루 빠진다고 뭐 큰일 생기냐. 아빠도 오후에나 오실 텐데. 내가 전화해 줘? 선생님 번호 있어?"

오빠는 크게 하품을 했다.

담임에게 연락을 하고 오빠와 아침을 먹었다. 차가운 고로케 빵에 믹스 커피였다.

"왜 이렇게 일찍 일어났어?"

"강의 있어."

오빠는 약간 어이없다는 듯 대꾸했다. 주말에만 보니까 정오 넘어 일어나는 게 오빠의 일상인 줄 알았다.

"같이 갈래?"

오빠가 물었다. 아침부터 놀랄 말만 한다.

"가서 뭐 하라고?"

"수업 듣지, 뭐. 사람 엄청 많아. 너 가도 모를걸."

청바지에 반팔 티, 니트 카디건을 걸쳐 입었다. 에코백에는 다이어리와 수학 문제집을 한 권 넣었다. 오빠는 언제나처럼 뒤축이 찢어진 검은 컨버스를 신었다.

4월의 오전. 바람은 아직 서늘했다. 은행나무에 새잎이 작은 벌레들처럼 달라붙어 있었다.

우리는 큰길까지 걸어가 버스를 탔다. 버스는 지하도를 지났다. 지하에서 올라오자마자 여의도로 이어진 다리를 건넜다. 다리 밑으로는 숲이었다. 여의도를 지나 서강대교로 한강을 건넜다. 이쪽 섬의 나무들도 연둣빛 안개를 걸친 것 같았다.

오빠의 학교까지는 이십 분 정도 걸렸다. 버스 정류장에서 내려 나지막한 언덕을 올라, 나무가 무성한 길을 지나, 몇 십 년은 됐을 벽돌건물과 방치된 것 같은 창고들을 지나, 대리석 건물이 내려다보이는 좁은 길로 접어들었다. 한때는 흰색이었겠지만 지금은 잿빛 먼지와 시간으로 물든 건물로 사람들이 줄지어 들어가고 있었다.

강의실은 영화관과 비슷했다. 오빠 옆자리에 앉아 '대중문화의 이해'라는 수업을 들었다. 어두운 강의실, 휙휙 지나가는 피피티. 뒷자리에 앉았으니 앞쪽에 앉은 사람들이 무엇을 하는지 잘 보였다.

나는 문제집을 조금 풀고, 교수가 보여 주는 영상을 보았다. 미국 80년대 록밴드의 영상이었다. 아이보리 정장을 입은 보컬은 양팔을 흔들며 기괴한 춤을 추었고 강의실의 사람들은 뚝뚝 끊어지는 소리로 웃었다.

점심은 바로 옆 건물인 학생회관 식당에서 먹었다. 나는 돈가스를 골랐다. 오빠의 경고보다는 괜찮았다.

오빠는 조모임이 있다고 했다. 학생증을 빌려줄 테니 도서관가 있겠느냐는 말에는 이제 됐다고, 집에 먼저 가겠다고 대답했다.

"가는 길 알겠어?"

고개를 끄덕였다. 사실 몰랐다. 설명을 하려던 오빠가 말을 멈췄다.

"뭐, 지도 보고 가면 되겠지."

식당을 나오자마자 헷갈렸다. 누구에게라도 물어볼까 하던 차에 안내판을 찾아냈다.

"……뭐야."

지도에 나온 현재 위치, 정문 근처. 강의를 들은 건물도 학생 회관도 정문에서 가까웠다.

아까, 도착할 때의 길은 이렇게 가깝지 않았는데. 그 언덕과 오솔길은 뭐였지? 다시 안내판을 보고 오빠가 나를 데리고 걸은

길을 파악했다. 후문 쪽이었다. 정문 쪽 정류장에서 내리면 오
분도 안 되어 도착할 것을 일부러 먼저 내려 학교를 빙 둘러 왔
던 것이다.

우리 집안의 습성과는 배치되는 일이다. 비효율. 시간 낭비.
오빠는 매번 이렇게 학교에 오고 있는 걸까? 몰라서 그러는 게
아닌 것은 분명했다.

다시 지도를 보았다. 집에 가는 길은 간단했다. 정문으로 나
가 길을 건너 버스를 타면 된다.

그런데 내키지 않았다. 굳이 빨리 가야 할 필요가 있을까?

이건 다 오빠 때문이다. 오빠가, 수학공식처럼 분명하던 우리
집의 상식을 흔들어 놓았다.

길 위에 있는 시간이 길면 안 되나.

빙빙 돌면 안 되나.

가장 멀리 돌아가는 길은?

볼 만한 게 있는 길은?

생각났다. 오는 길에 버스에서 봤던, 대방역 너머 다리 밑의
숲. 그걸 자세히, 천천히 보고 싶었다.

비로소 집에 갈 동기가 생겼다.

결론적으로 말하자면 그 숲의 나무들은 버드나무였으며 다리의 이름은 대방교였다. 다리까지는 비교적 쉽게 갔지만 다리를 건너 집으로 가는 길은 헤맸다. 지하철 1호선 대방역 역사를 통과해 반대쪽으로 나오면 되었을 것을, 그걸 몰라 지하차도의 어둡고 냄새나는 통로를 걸었다. 주황 불빛이 깜박이고 사람 하나 없는, 굴 같은 지하 통로를 지난 후에야 나는 다른 길을 발견했다.

더 잘 찾아볼걸. 이건 자존심의 문제였다. 동시에 나는, 남이 선택하지 않았을 길을 지나왔다는 것에 묘한 만족감을 느꼈다.

약간의 짜증, 그리고 호기심.

그렇게 시작되었다.

야자 없는 수요일, 나는 집으로 가는 길을 찾아보기로 했다.

지하철 말고 버스 노선을 검색했다. 학교 앞에서 버스를 타면 두 번을 갈아타야 한다. 세종문화회관까지 걸어가야 한 번에 가는 버스가 있었다.

후자를 선택했다. 정문을 나와 늘 내려가던 길을 거슬러 올라갈 때 생각했다. 어차피 정해진 것은 없다고.

광화문사거리에는 여행자안내소가 있었다. 노란 조끼를 입고 카우보이풍의 모자를 쓴 친절한 사람들이 한 톤 높은 목소리로 인사를 건넸다.

나는 그 여행자안내소에서 지도를 얻었다. 앞쪽은 서울시 전체 지도, 뒷면은 시내 중심부 확대 지도와 지하철 노선도였다. 그 지도는 그 한 해 동안 내 동반자가 되었다.

#6

조건은 하나였다. 새로운 길로 가는 것. 반복하지 않는 것.

경우의 수는 무궁무진했다. 똑같은 지하철역에 내려서도 큰 길로 돌아갈지 골목길로 갈지 상가 사이를 지나갈지 변수가 많았다. 한 블록 차이인데도 먼 고장에 온 것처럼 낯설었다. 그게 좋았다.

세 번째 길을 찾았을 때부터는 이걸 기록해야겠다고 생각했다.

메일에 연동된 블로그로 들어갔다. 기본 이미지의 텅 빈 공간에 첫 글의 제목을 썼다.

　등산에 대한 언어영역 지문에서 루트에 대해 읽은 적이 있었다. 루트는 출발점에서 목적지까지를 연결하는 길. 루트 파인딩은 길을 찾는 것. 샛길이나 우회로를 통하기도 한다. 내가 찾으려는 것이 바로 그 샛길과 우회로였다.

　　학교 - 1호선 시청역 - 1호선 대방역 - 집.

너무 간단했다.
지도를 찾았다. 거의 대부분의 길들에는 이름이 붙어 있었다.

　　학교 정문 - 정동길 - 덕수궁길 - 이름 없는 샛길 - 1호선 시청
　　역 1번 출구 - 지하철 1호선 - 1호선 대방역 3번 출구 - 여의
　　대방로46길 - 이름 없는 샛길 - 아파트 후문.

한결 나았다.
사진을 찍어서 같이 올릴까.
그렇게까지 할 일인가.

하지만 해 보기로 했으니까.

시간을 들일수록 의미가 생긴다.

루트2.

학교 정문 - 정동길 - 새문안로 - 세종대로 사거리 관광 안
내 센터 - 세종대로 - 세종문화회관 앞 버스 정류장(01-126) -
150번 버스 - 공군회관 앞 버스 정류장(19-255) - 여의대방로
- 여의대방로44길 - 아파트 정문.

문제가 생겼다. 루트1의 정동길은 정문 기준 오른쪽으로 가
는 것이고, 루트2의 정동길은 왼쪽으로 가는 것이다. 동서남북
으로 표시해야 하나, 아니면 랜드마크 기준으로?

버스 정류장 번호를 찾아 넣었다.

복잡해지고 무거워지는 게 좋다. 단순하고 가벼운 것들은 쉽
게 날아가 버리기 때문이다.

150번 버스는 한강대교를 건넜다. 이 다리 아래에도 섬이 있
었다.

후문이라 불렀던 것이 서문이며, 정문이라 불렀던 것은 동문
이고, 실제 정문은 따로 있다는 것을 지도를 보고 알았다. 서문
쪽에도 지하철역이 있다. 통과하는 지하철역을 다 써 보기로
했다.

학교 서문 - 통일로4길 - 서대문역 5호선 5번 출구 - 충정로역
- 애오개역 - 공덕역 - 마포역 - 여의나루역 - 여의도역 - 신
길역에서 1호선으로 환승 - 대방역 1호선 3번 출구 - 여의대
방로46길 - 이름 없는 샛길 - 아파트 후문.

지하철 노선은 색깔로 인지된다. 보라와 빨강의 길이었다.

굳이 신길역까지 와서 환승할 건 없겠다. 여의도역에서 공군
회관까지 가는 버스가 많았다. 다음엔 버스를 타 볼 것.

아니면 걸을 것.

#7

사람이 많은 길도 있고 사람이 없는 길도 있다. 무리 속에서 걸을 때도 있고 혼자 거슬러 갈 때도 있다. 모두 어디로 가는 걸까, 저렇게 갈 데가 많을까 궁금했다.

길과 핏줄은 서로에 대한 비유가 된다. 피가 끊임없이 흘러야 몸이 사는 것처럼 사람들이 길을 끊임없이 오가야 이 도시가 산다. 내가 사는 도시. 발 디디는 땅. 어떤 경계와 흐름. 전에는 그다지 생각해 보지 않은 개념이었다.

처음 가 보는 길을 갈 때는 음악도 듣지 않았다. 노선도를 몇 번이나 확인했다. 낯선 정류장에 내렸을 때의 막막함. 동서남북을 알 수 없도록 휙 돌려진 어지러움. 그리고 자유로움.

길은 선이며 나는 선 위에 있고 닿지 않는 면들은 여전히 미지의 세계였다. 혹은 싸우지도 않고 잃어버린 영토였다. 잃어버린. 언제 가지기라도 했던 것처럼. 그 경험 없는 기억과 상실의 감각은 어디서 왔던 것일까?

보충수업이 끝난 토요일 오후. 새로운 길을 가 보기로 했다.

학교에서 걸어서 갈 수 있는 지하철은 네 개였다. 시청역, 광화문역, 서대문역, 그리고 서울역. 나는 서울역을 택했다. 제일 멀었다. 고가도로 밑으로 난 횡단보도를 건너, 서소문 역사 공원과 철길이 내려다보이는 길을 지나, 비둘기 떼와 새까만 껌 자국이 새겨진 듯 들러붙은 광장을 통과해야 하는 길이었다.

그 길이 좋았다. 그 휑하고 날 선 느낌이 좋았다. 인도는 텅 비었고 차도로는 큰 차들이 지나갔다.

카디건을 벗어 들었다. 5월 초인데도 그늘이 없는 길은 벌써 더웠다.

거기, 모가 있었다. 햇볕이 내리쬐는 난간에 기대어 공원과 철길 쪽을 내려다보면서, 뭔가를 적고 있었다.

가까운 사이는 아니었다. 말도 몇 마디 해 보지 않았다. 모는 언제나 수첩이나 노트북에 뭔가 쓰고 있었다. 아니면 책을 읽었

다. 모는 늘 자기 안에 침잠해 있는 것 같았고 굳이 친구를 필요로 하는 것 같지도 않았다.

다른 곳, 다른 시기였다면 모 같은 아이는 뭘 할 수 있는지를 보여 주기도 전에 반의 테두리 밖으로 밀려났을 것이다. 하지만 그때 그 반에서는 모도 자기를 증명할 기회가 있었다. 모는 아는 게 많고 글을 잘 쓴다는 평을 얻었고 나름의 역할을 맡곤 했다.

모는 아주 집중하고 있었기 때문에 내가 등 뒤로 지나가도 모를 것 같았다. 거의, 그러려 했다. 하지만 마지막 순간에 말을 걸었다.

"뭐 해?"

모는 느리게 고개를 들었다. 별로 놀라지도 않은 눈치였다.

"스케치하고 있어."

눈이 절로 난간 위에 놓인 수첩으로 향했다. 모는 왼손잡이였고 오른손이 그 수첩을 꽉 붙들고 있었다. 그림은 없었다. 글자로만 빼곡했다.

"문장으로, 스케치."

모가 설명했다.

"아."

"넌 뭐 해?"

"난, 집에 가는데."

그 정도면 될 것을 덧붙였다.

"집에 가는 길을 찾고 있어."

모는 내가 걸어온 길과 걸어갈 길을 고개 돌려 바라보았다.

"별로 길 잃은 것 같지는 않네."

그 말이 왜 그리 웃겼는지 모르겠다.

찻길로는 끊임없이 차들이 지나가고 마른 먼지가 흩어졌다. 햇빛. 먼지 냄새. 그 와중에 피어난 잡초들. 살아 있는 것 같지 않은 쨍한 연두. 철길을 채운 시든 풀들. 철길 너머, 염천교 저편의 말도 안 되게 낡은 건물들. 초록과 살구색 페인트칠. 다음엔 저 다리를 건너가 보리라 생각했다.

우리는 서울역까지 함께 걸었다. 모는 종종 멈추어 노트에 뭔가 적었고, 나는 기다렸다. 별로 지루하진 않았다. 나는 머릿속으로 계속, 다음 단계를 이리저리 재어 보고 있었으니까. 서울역에서 바로 지하철을 탈 것인가, 아니면 버스를 탈까. 이쪽에서, 아니면 서울역 뒤쪽으로 가서 버스를 찾아볼까……

우리는 서울역에서 헤어졌다.

그날 이후로 우리는 이야기하는 사이가 되었고, 머지않아 학교 밖에서 만나는 사이가 되었다.

#8

모에 대해서 써 보자.

모는 급식을 먹지 않았다.

"내가 원할 때, 원하는 음식을, 원하는 만큼 먹고 싶어. 그게 다야."

모는 쉬는 시간에 집에서 싸 온 아몬드와 우유를 먹었다. 흰 떡이나 당근, 오이 스틱을 싸 올 때도 있었다. 가끔은 매점의 빵을 먹기도 했지만, 속에 뭐가 들어간 빵은 싫다고 했다. 빵에 든 팥이나 크림이나 야채는 혐오의 대상이었다. 카페에서는 아이스 아메리카노만 마셨다.

아이들은 모가 다이어트를 한다고 생각했다. 비슷해 보이지만 달랐다. 모는 여러 재료가 섞이는 음식과 손이 많이 가는 음식을 싫어했다. 색색의 재료를 넣어 예쁘게 만 롤이나 잡채 같은 거. 그런 걸 보면 재료를 얼마나 주물럭거렸을까 싶어 싫다고 했다. 보통 식사에 나오는 반찬이 너무 많다고도 했다. 모는 분식은 좋아했다. 떡볶이, 순대, 어묵의 단순함.

"집에선 뭘 먹어?"

"주로 한식. 우리 집은 고기도 그냥 구워서, 소금이랑 후추만 뿌려 먹어. 양념은 안 해. 양배추찜도 자주 먹고, 김치는 괜찮아. 카레도."

모는 커피를 좋아했다.

나는 곧 모의 패턴에 따라 주말이면 학교 자습실 대신 광화문 근처 카페로 가서 공부를 하게 되었다. 평일엔 회사원들로 붐볐을 카페지만 주말엔 한가했다. 오전이면 위층은 텅 비다시피 했다.

"여기 있으면 다른 건물들의 머리가 보여."

모는 창가 자리를 골랐다. 벽 전체를 차지한 창문으로는 길을 걸을 땐 몰랐던 낮고 오래된 건물의 지붕과 담 안쪽이 들여다보였다. 배추와 상추가 자라는, 이 거리와는 영 어울리지 않는 밭

이 보였다. 나무의 끝이 보였다. 나무가 어떻게 성장을 멈췄는지가 보였다. 담 너머를 모른 채 길을 걷는 사람들이 보였다.

모는 글을 썼다.

유물 같아 보이는 작고 두툼한 노트북, 인터넷 연결조차 되지 않고 워드만 겨우 되는 노트북을 모는 어디에나 끼고 다녔다. 카페 창가 자리에 앉아 시선을 창밖에 둔 채 손을 계속 움직였다. 낡은 노트북이 덜컹거릴 정도로, 격렬하게.

"왜 밖을 보고 쓰는 거야?"

"화면을 보면 눈이 아파서."

모가 말했다.

"뭘 써? 일기 같은 거?"

"보이는 걸 쓰고 있어. 건물들. 사람들. 물건들. 나무들. 미니어처 같은 거야. 한손에 들어오게 해서 가지는 거야."

모가 책을 좋아하는 것도 같은 이유였다. 책 한 권을 가지면 그 안의 모든 것을 가질 수 있으니까.

나는 약간, 사실은 꽤 많이 감명받았다. '가진다'는 말은 우리 집에선 일종의 금기어였다. 우리는 '나눈다'에 익숙했다. '가진다'에는 욕심과 이기심이 곁들여 있는 것 같아서였다. 모는 거리낌 없이 가졌고, 가지고 싶어 했다.

그러므로 모는 내가 길을 찾는 것을 쉽게 이해하고 오해했다.

"길을 찾으면 그 길을 갖는 거지."

"굳이 가질 생각은 없는데."

나는 길을 찾아낼 때의 쾌감이 그러한 소유의 느낌일지 궁금했다. 쓰는 단어가 다르더라도 그 본질은 같을 수 있다.

나는 선택을 할 수 있기에 길을 찾는 것이 좋았다. 스스로 고를 수 있고 그 결과도 오로지 나 혼자 감당한다는 것이 좋았다. 먼지를 들이마시든 너무 오래 걷게 되든 보석 같은 풍경을 맞이하든, 다 나만이 감당하는 것이다.

인생에 그럴 일이 별로 없지 않은가. 알량한 성적도 엄마 아빠의 기분에 영향을 미친다. 옷차림과 표정마저도 타인과 얽히는 계기가 될 수 있다. 교복의 길이와 머리카락의 색깔, 무심코 내뱉는 말 한 마디에 예상 못 한 복잡한 상황이 벌어지곤 한다. 하지만 길을 고르는 일은 그렇지 않았다. 독립적이며 자유롭고, 은밀했다.

모는 싫어하는 게 많았다.

모는 목소리 큰 사람들과 모르는 사람에게 반말을 하는 사람들과 틀린 맞춤법을 쓰는 사람들을 싫어했다. 큰 목소리와 반말과 오탈자를 싫어한 게 아니라, 그러한 '사람'을 싫어했다.

학교에도 모의 신경을 거슬릴 만한 것들은 많았을 것이다. 하지만 우리는 그런 얘기는 안 했다. 모는 뒷말 하는 사람도 지독히 싫어했으니까. 속으로는 그럴지언정 내게 티를 내지는 않았다. 그러므로 모가 싫음을 표현하는 대상은 길과 카페와 버스에서 마주친 타인들이었다.

모는 싫어하는 사람과 장면과 사건에 대해서도 기록했다. 싫은 것을 '가지는' 건 어떤 기분일까. 역겨운 것과 혐오스러운 것까지 포함한 그 모든 것을 왜 가져야 할까?

모를 알게 되면서 조금은 이해했다. 모는 어쨌거나 공정하고 싶어 했고, 공정하기 위해서 선별해서는 안 된다고 생각했을 것이다. 비난하고 싫어할지언정 피해서는 안 된다고.

모는 아는 것이 많았다.

좁고 깊은 지식이라고, 모는 스스로를 평했다. 한번 꽂히면 깊게 파고들지만 관심 없는 것에 대해서는 기본도 모른다고 했다. 나는 모의 이야기를 듣는 것이 좋았다. 몰입하면 주변을 돌아보지 못하고 혼자 달려가 버리는 화법도 거슬리지 않았다.

"아직도 안 왔어."

모가 말했다.

우리는 일요일 오전의 카페에 앉아 있었다. 모는 노트북을 두드리고 나는 인터넷 강의를 보았다. 텀블러 속 커피는 아직 뜨거웠다. 나는 커피를 좋아하지 않았다. 가장 저렴해서 시킨 것뿐이었다.

"저 자리 말이야, 아까 우리가 왔을 때부터 저 상태였는데 아직도 저래."

모가 기둥 옆 테이블을 가리켰다. 표지가 바닥을 향하도록 내려놓은 책, 손바닥만 한 초록 노트패드와 파란 볼펜, 그리고 입을 댄 것 같지 않은 아이스 아메리카노 한 잔과 뜯지 않은 빨대가 놓여 있었다.

긴 유리잔에는 물방울이 송송 맺혀 있었다. 가득 차 있는 음료 위쪽은 투명하고 아래는 짙은 갈색으로 층이 나뉘어 있는 것을 보니 얼음이 그대로 다 녹도록 방치한 것 같았다. 가방은 없었다.

"밥 먹으러 갔나 보지."

"열 시부터 열두 시까지?"

우리는 자리의 주인에 대해 추측하기 시작했다. 급한 일이 생겨서 다 두고 갔나? 잠깐 나간 건데 사고라도 당했나? 어떤 옷을 입고 어떤 헤어스타일을 한, 어떤 표정의 사람일까.

너무 평범한 사람이면 실망할 것 같았다. '평범'이라는 게 어떤 기준일지는 모르겠지만.

화장실에 갔던 모가 돌아오며 그 책등의 제목을 읽었다.

"『보르헤스의 말』. 보르헤스는 아르헨티나 작가야."

눈이 먼 작가. 눈이 멀었는데도 국립도서관 관장이 된 사람. 수수께끼 같은 단편을 많이 쓴 작가.

모는 그 작가가 썼다는 복권 이야기를 해 주었다.

당첨되면 돈을 받는 복권 말고, 벌금을 물 수도 있는 복권이 생긴 나라의 이야기였다. 벌금을 내지 않는 사람이 생기자 붙잡아 가두는 회사가 생겼고, 아예 벌금 대신 며칠이나 갇혀 있어야 하는지가 적힌 복권을 판매하게 되었다. 급기야 복권은 모든 사람이 자동으로 참가하는 추첨으로 바뀌었다. 육십 일마다 추첨을 하고 회사가 결과를 집행했다. 사람들은 자신이 무엇을 뽑았는지, 결과가 이미 집행되었는지 아직 아닌지도 모른 채 행운이나 불운을 맞이했다. 그것이 복권의 결과인지 아니면 우연인지도 알지 못하고.

"나는 그게 인생이라고 생각해."

모가 말했다.

"우리는 태어나면서 모두 복권을 뽑은 거야. 그게 상인지 벌인지는 모르지. 그리고 그걸 언제 받게 될는지, 지금 받고 있는지도 우리는 몰라. 그 회사는 바로 신인 거야."

"넌 신이 있다고 생각해?"

내가 물었다.

우리 집에는 몇 가지 종교가 엷은 막처럼 내려앉아 있었지만 엄마와 아빠가 정말로 그 종교들의 신자인지는 불확실했다. 엄마 아빠는 누구든 와서 복을 빌어 줄 사람이라면 환영했다. 집과 병원에 드나드는 종교인들은 매번 달랐다. 외할머니가 불러온 스님과 할아버지 다니는 성당의 수녀님들과 이모네 교회 목사님과 그 일행. 우리는 모두를 공평하게 맞이했다.

"신은 없다고 생각해. 흔히 말하는, 그런 신은."

모가 대답했다.

"신을 믿는다는 말은 좀 이상해. 신뢰라는 건 상대가 정직하지 않을 수도 있다는 가능성을 감수하면서 발생하는 거야. 일종의 자기희생이자 도박이지. 그래서 숭고한 거고. 하지만 신은, 정직하지 않을 수가 없잖아. 도박을 걸 필요도 없어. 그러면 결국 의미가 희석되는 거지. 믿느냐 믿지 않느냐 하는 질문 자체가 의미가 없어져 버리는 거야."

"그럼 그냥 있으면, 그냥 살면 되는 거네."

"그렇지 뭐. 타인에게 폐 끼치지 않고, 환경오염 덜 시키고, 그렇게 살면 되는 거지. 복잡하게 신까지 갈 것도 없이."

"그래도 의지할 게 필요할 때도 있어."

희미한 반발심이 뭉쳐 형태를 갖추다 사라졌다.

저런 말은 별일 없이 사는 사람이나 할 수 있는 것이다. 인간의 힘으로 안 되는 일도 있다. 믿든 믿지 않든, 그 필요성 자체를 부인할 수는 없다. 복권을 뽑은 사람들 중 누군가는 그 회사에 탄원하지 않겠는가? 결과만이라도 알려 달라고 애원하지 않겠는가.

말하려면 설명을 해야 할 것이다. 그래서 말하지 않았다.

보르헤스에 대한 책과 커피를 두고 사라진 그 사람은 우리가 오후 두 시에 카페를 떠날 때까지도 돌아오지 않았다. 그 사람은 어떤 복권을 뽑았기에 그렇게 사라졌을까.

아니면, 우리가 뽑은 복권의 결과가 그 사람이었을지도 모른다.

#9

답이 없는 질문들과 풀 수 없어 보이는 수수께끼들은 무수히 많이 있었고 무엇을 끌어와도 우리는 이야기할 수 있었다. 다만 우리는, 모와 나는 집에 대해서는 이야기하지 않았다. 그러자고 약속하거나 입단속을 한 것도 아닌데 그렇게 되었다. 나는 여전히 모가 어디에 사는지, 형제자매가 있는지도 알지 못했다.

중학교 친구들은 다 내 언니와 오빠에 대해 알았다. 언니가 아프다는 것도 알았다. 초등학교 때 언니를 위한 헌혈증을 모은 적도 있으니까.

아는 아이가 하나도 없는 학교에 다니게 되면서 나는 언니와 오빠에 대해선 말을 아끼게 되었다. 상대방을 당황스럽게 만들고 싶지 않았기 때문이었다. 질문마다 몇 가지 유형으로 답이 정해져 있다. 거기에 해당되지 않는 답은 대화를 혼란에 빠뜨린다. 내가 언니에 대해 어떠한 진실을 말하든—어, 대학은 다니지 않아, 음, 직장도 안 다니는데, 몸이 좀 아파서…… 어, 집에 있어—상대방은 어떻게 대화를 이어 갈지 모르게 될 테니까.

적당히 말하는 법도 있긴 하다. 하지만 무엇을 말하든 이미 정해진 룰에 따라 이미지가 결정된다.

스무고개 같은 거다. 스물도 많다. 열 개의 질문과 답으로 파악되어 버릴 것이다. 오빠와 언니가 있다고? 아, 막내구나, 그럼 넌 이런 애겠지. 오이는 먹지 않는다고? 그럼 이런 아이일 테고. 그렇게 점점 구체적이 되어 간다. 그렇게 만들어진 형상이 정말 나일까?

내가 모에 대해 쓴 문장과 정보들로 모를 형상화할 수 없듯이 그런 답들로 나를 말할 수도 없다.

차라리 다른 식으로 접근하는 게 낫다. 모가 어땠다고 말하는 대신, 모 옆에서의 내가 어땠다고 말하는 것.

하나는 확실하다. 모 앞에서는 지도를 펴 놓는 게 어색하지 않았다.

#10

이제 네이에 대해 쓸 차례가 되었다.

그러려면 언니와 인형으로 시작해야 한다.

#11

언니는 대청소를 시작했다. 이사 오고 아직 채 풀지 않은 상자들부터 시작이었다.

"이사 올 때 버렸어야 했는데."

수많은 형태와 질감의 종이들. 엽서. 영수증. 스티커. 즉석 사진과 도장이 한두 개 찍힌 카페 쿠폰. 영화표와 영수증. 껌 종이는 여전히 단내를 풍겼다.

"이런 것도 있어. 초등학교 때 받은 거야."

언니가 딱지 모양으로 접힌 쪽지를 이십 리터짜리 쓰레기봉투에 던져 넣었다.

"책을 읽었어. 미니멀리즘. 소유하지 않을수록 행복하대. 버릴 수 있는 건 다 버리려고."

나는 침대에 엎드려 언니 앞의 쓰레기봉투가 차오르는 것을 바라보았다.

언니는 정말로 몰랐던 걸까? 그 행위가 얼마나, 유품을 정리하는, 남은 삶을 정리하는 모습과 닮았는지.

언니는 옷장을 열고 안을 훑어보더니 도로 닫았다.

"옷은 너도 입을 수 있으니까."

언니의 눈길이 책상으로, 서랍장으로, 침대로 향했다. 언니는 무릎 꿇고 앉아 침대 밑에 두었던 상자를 잡아당겨 꺼냈다.

"걔들도 버리려고?"

"응."

대답은 가벼웠다. 두 개의 초록 상자 안에 든 것은 언니의 옛

날 장난감이었다. 실바니안 패밀리와 리틀 미미와 폴리포켓. 플레이모빌과 목제 소꿉놀이. 버리고 나눠 주고 가장 아끼는 것만 남겨둔 상자였다.

"아깝게 왜 버려? 그냥 둬, 아니면······."

나를 줘.

말을 삼켰다.

어릴 적, 언니가 죽고 나면 방을 어떻게 쓸지에 대해 상상해 본 적이 있다. 그 무게와 현실감을 잘 몰랐으니까. 상상에조차 죄책감이 스며든다. 기억은 트라우마처럼 남았고 나는 중립적인 말조차 할 수 없게 되었다.

나에게 달라는 말이 언니가 없는 상황을 떠오르게 할까 봐, 아니, 내가 그런 상상을 하고 있는 것처럼 느껴질까 봐 두려웠다.

"뭐 해?"

오빠가 방에 들어왔다.

"버리지 말고 팔아 봐."

오빠가 제안했다. 언니는 의외로 쉽게 그 제안을 받아들였다. 오빠는 중고 카페에서 비슷한 물건을 검색하더니 중고 장난감이며 인형 들이 꽤 비싸게 팔린다고 신나는 톤으로 말했다.

"보관해 놓기 잘했네. 근데 이것도 팔아? 정말?"

오빠가, 그 '인형'을 가리키며 물었다.

인형. 우리 집에서 '인형'이라고 하면 바로 그걸 의미했다. 인형이라는 평범한 단어를 고유명사로 만들어 버린 16인치 포세린돌. 얼굴과 손과 발은 광택 없는 도자기이고 몸과 팔다리는 솜을 채운 천이다. 섬세하게 그려진 속눈썹과 눈동자. 살짝 올라간 분홍 입꼬리. 등까지 내려온 곱슬곱슬한 갈색 머리카락. 레이스 달린 속바지에 꽃이 수놓아진 연한 푸른빛 드레스. 둥근 밀짚모자. 가죽 구두와 레이스 양말.

진짜로 펼 수 있는 하얀 레이스 양산과 여행 가방도 한 세트였다. 내 손바닥 반만 한 여행 가방 안에는 책장을 넘길 수 있는 가죽 장정의 일기장, 인형 사이즈에 맞는 만년필과 잉크병, 손수건이 들어 있다.

이 인형이 우리 집으로 오기 전에, 나는 이미 그런 인형이 세상에 존재한다는 것을 알고 있었다. 어린이용 『레미제라블』에서 읽었다. 장발장이 일곱 살 코제트에게 인형을 선물하는 장면에서.

아무리 읽어도 질리지 않았다. 천덕꾸러기 코제트가 주인집 딸 에포닌의 인형을 부러워하며 나무토막을 인형 삼아 노는 장면, 늦은 저녁 시간 물을 길으러 나온 코제트가 장난감 가게 앞에 멈춰 진열장 안의 '그' 인형을 보는 장면, 그리고 너무나 아름답고, 정교하고, 커다란 인형이 그날 밤 코제트의 것이 되는 장면을.

나도 그런 인형을 가지고 싶었다. 장발장 같은 누군가가 그런 인형을 건네주면서 함께 가자고 하는 순간을 상상해 보곤 했다. 따라갈까, 말까? 달콤하면서도 두려운 상상이었다.

그리고 아홉 살의 크리스마스, 외삼촌이 외국에서 사 온 선물이라며 우리들에게 각각 상자를 건넸을 때, 그중 하나의 상자에서 상상만 해 보던 바로 그 인형이 나왔을 때. 그리고 그 인형은 당연히도 내 것이 아니라 언니 것이었을 때.

"이건 팔기 좀 아깝지 않아? 얼마 받을 거야, 얘는?"

오빠가 물었다.

"가격보다는…… 얘는 정말, 좋은 사람한테 갔으면 좋겠는데."

언니가 인형을 끌어안았다. 내가 바로 그 '좋은 사람'일 수도 있다는 말은 다시금 내 어금니 사이에 머물렀다.

나는 포기를 잘한다. 어릴 때부터 그랬다고, 엄마 아빠는 말했다. 조르다가도 안 되겠다 싶으면 바로 마음 정리를 하고 헤헤거리며 놀았다고. 몇 번은 웃으며 들었다. 몇 번은 자랑스럽게 들었다. 그리고 몇 번은, 가여워하며 들었다.

이제 한 번도 내 것이었던 적이 없었던 인형마저 나는 포기했다. 심지어 인형 옷을 손빨래했다. 옷을 말려 다리고 인형 손발과 얼굴에 묻은 때들도 닦아 냈다. 인형의 상태는 99퍼센트 완벽했다. 모자에 둘러 있던 하늘색 리본이 사라진 것만이 흠이었다.

주말 내내 오빠는 물건을 닦고, 분류하고, 사진을 찍었다. 시세를 알아보고 가격을 매겼다. 언니는 다른 건 다 오빠가 알아서 하도록 했지만 인형 가격만큼은 자기가 정했다.

"너무 저렴한 거 아니야? 요즘 시세 꽤 세던데. 빈티지 인형도 프리미엄이 붙어. 앤 보관 상태도 좋고."

오빠가 말했다.

언니는 가격을 낮게 매긴 대신 조건을 걸었다. 인형을 왜 데려가고 싶은지 손 편지로 써서 보여 달라는 것이었다. 오빠는 아무도 안 사겠다며 혀를 찼다.

그러나 곧 문의 댓글이 달리고 쪽지도 왔다. 편지를 정말 써야 하냐는 질문이었다.

—편지는 필수입니다.

오빠가 답을 보냈다. 그리고 답변으로 욕을 받았다. 변태냐, 인형 가지고 가지가지 한다……. 오빠는 이럴 줄 알았다고 말했고 언니는 대꾸하지 않았다. 나는 약간의 희망을 가졌다.

물건은 느리게 팔렸다. 오빠는 택배 상자를 포장하고 편의점에 오가며 물건을 보냈다. 오빠는 미리 물건을 뽁뽁이로 다 싸 놓았다. 뽁뽁이에 싸인 인형은 거품에 빠진 인어 공주 같았다. 이미 다리가 생겨서 물로 돌아갈 수 없지만 왕자를 찌르지도 못해 물거품이 되어 버리기 직전의, 서러운 이방인.

#12

물건이 다 팔리기도 전에 언니가 입원했다. 지난 검사 결과 때문이었다. 언니는 파란 여행 가방에 입원 키트를 쌌다. 세면도구와 속옷, 슬리퍼와 휴지, 물병과 수저와 과도, 책과 아이패드와 각종 충전기가 제자리를 찾아 들어갔다.

언니는 병실에서 주로 외국 드라마를 봤다. 시즌이 계속 이어지기 때문이었다. 언니는 빨리 끝나는 드라마는 싫어했다. 고작 10, 16부작 정도로는 성에 차지 않아 했다. 하기야 하루 종일 병원에 있으면 드라마 열 편 보는 것쯤은 일도 아닐 것이다.

언니는 영국 드라마를 특히 좋아했다. 탐정과 좀비와 약에 취한 십 대들이 나오는 드라마였다.

언니는 미국 드라마는 싫어했다. 매끈하게 다듬어진, 쨍한 조명 아래 원색으로 빛나는 그런 느낌이 싫다고 했다.

"캘리포니아 스타일."

오빠가 말했다. 오빠는 보호자 간이침대에 엎드려 노트북을 하고 있었다. 언니는 쓰던 노트북을 대학생 된 기념이라며 오빠에게 주었다. 언니에게는 새 아이패드와 핸드폰이 생겼으니까. 그 노트북도 새것이나 다름없었다. 모두 할아버지가 사 준 것이었다.

"늘 해가 눈부시고, 모두 선탠을 하고 있고, 머리카락은 완벽하고, 수영장이 딸린 파티장에서 사건이 일어나지."

"그래서 싫다고. 찾았어?"

"아직. 브리스톨 어디라고? 주소 다시 말해 봐."

오빠는 구글 어스에 영국 도시의 거리 이름을 입력했다. 지구가 순식간에 끌어당겨지면서 거리의 항공사진이 떴다.

"어, 거기 공원 있는 데로 내려가 봐. 왼쪽으로…… 어, 거기. 빨간 지붕 앞에. 거기 맞다. 근데 드라마에 나온 거랑 좀 다르네."

"조명과 보정이 없으니 그렇겠지. 다음은?"

이번엔 런던이었다. 언니는 21세기 셜록이 택시를 따라잡기 위해 뛰었던 골목을 이야기했고, 오빠가 찾았다.

길을 찾는 언니와 오빠를 보면서 기시감과 거리감이 동시에 들었다. 비슷하지만 나오는 스케일이 달랐다. 그리고 문득, 나는 내가 찾는 길들을 '직접' 가 볼 수 있다는 생각을 했다.

나는. 직접.

시소처럼 반대쪽 말들이 떠올랐다.

언니는. 절대.

"목사님이 들르신대."

병실 밖에 나갔다 들어온 엄마가 말했다.

"싫은데."

언니가 한숨을 쉬었다.

"그래도."

엄마가 말했다.

엄마는 내게 그만 집으로 가라고 했다. 가서 공부하라고. 오빠에게는 가라고 하지 않았다. 엄마는 오빠가 있어야 편하다고, 언니가 덜 예민하게 군다고 말하곤 했다. 언니가 듣지 않을 때에만 하는 소리였다.

느릿하게 가방을 챙겨 병실을 나왔다. 이것도 배려일 수 있을 것이다. 그러나 나는, 배제된다고 느꼈다.

여자아이 하나, 남자아이 하나. 완벽한 구성이었지. 셋째는 뭐가 되든 상관없었어. 엄마는 종종 말했다. 그러니 조건 없는 환영을 받은 거라고 말하고 싶었겠지만 정작 내가 이해한 건 달랐다. 굳이 필요하지 않았던 존재, 덤이자 깍두기.

병원에서 집까지는 어떻게 갈 수 있나. 나는 지하철 노선도를 살펴보다 그만두었다.

#13

언니가 입원한 후로 나는 더 멀리 길을 돌았다.

빙 돌아가는 초록 버스들을 탔고, 일부러 한 정거장 먼저 내렸고, 큰길 대신 골목을 택했다. 하지만 늘 충분치가 않았다.

골목들은 왜 늘 성급하게 끝나 버릴까. 찻길이 되고 대낮같이 벗겨져 버릴까.

나는 더 헤매고 싶었다. 길을 잃고 싶고, 모르는 길을 걷고 싶었다. 내가 있는 장소가 어디인지 파악하고 싶지 않았다. 하지만 동시에 내 어떤 부분은 머릿속으로 경보를 울리고, 지도를 들이대고, 방향을 알려 줄 큰 건물들과 표지판과 주소현판을 보게 만들었다.

날씨가 미쳐 돌아가는 5월. 33도까지 올랐다가 비가 오며 17도로 떨어져 이미 접어 넣었던 교복 상의를 꺼내야 하는. 흐려진 버스 창문. 밀리는 차. 습기. 어떤 초조함.

초조할 때면 새 길을 찾았다.

루트11.

정문 – 정동길 – 덕수궁길 – 이름 없는 샛길 – 1호선 시청역 1번 출구 – 지하철 1호선 – 1호선 노량진역 6번 출구 – 노량진 로– 등용로 – 이름 없는 샛길 – 알마타길 – 여의대방로46길 – 이름 없는 샛길 – 아파트 후문.

지도에는 높낮이가 나오지 않는다. 알마타길은 가팔랐다. 어차피 내려갈 언덕을 올라야 했다. 초등학교 정문 건너편 길가에 이 층 높이로 자란 키 큰 해바라기들이 있었다.

루트12.

서문에서 서울역까지는 동일 – 서울역 버스 종합 환승 센터 – 505번 버스 – 공군회관 앞 버스 정류장(19-255) – 여의대방로 – 여의대방로 44길 – 아파트 정문.

505번 버스를 타면 남영역 가는 길의 앞모습을 볼 수 있었다. 용산역 근처, 청파로의 그리 높지 않은 고가도로도 좋았다. 왼쪽으로 기찻길이 내려다보였고 고가도로를 지나면 용산전자상가를 통과해 원효대교로 한강을 건넜다. 공군회관까지 와도 되고, 한 정거장 전 KBS 별관 앞에 내리면 대방교를 걸어 건널 수 있었다. 가장 먼저 내 눈길을 끌었던, 버드나무숲이 내려다보이는 작은 다리를 건널 때면 중간에 멈춰 서 숲을 오래 내려다보았다. 숲 옆으로 지나가는 도로는 언제나 느릿느릿 움직이는 차들로 채워져 있었다. 차 안의 사람들은 이 다리 위를 올려다볼까? 엉뚱한 곳에 점처럼 멈춘, 낯빛이 별로 좋지 않은 인간을 눈치챈 사람은 몇이나 될까.

길과 한 쌍이 되는 또 다른 단어, 인생. 인생이 하나의 길이라면 길 끝에는 죽음이 있고, 우리는 죽음을 향해 하루하루 걸어가고 있는 것과 같다. 어떤 이의 길은 짧은 편이고 어떤 이의 길은 지나치게 길다. 어떤 길은 평탄하고 어떤 길은 지독한 산길이다.

그런데 이 길은 잃을 수도 있는 걸까? 인생이 길이라면, 우리는 이 길을 잃어버리고 영영 되찾지 않을 수도 있을까? 아니면 우리의 발은 태엽장치에 고정된 뻐꾸기 인형처럼, 레일 위를 벗어날 수 없게 묶여 있는 것일까?

가끔은 일부러 먼 오솔길과 계단을 지나다닐 오빠를 떠올리며 우리의 공통점을 생각했다. 다른 어떤 말이나 행동보다, 오빠가 선택한 길들이 내게 깊은 안도감을, 위안을, 그리고 약간의 슬픔을 안겨 주었다는 것을 오빠는 알까.

언니는…… 구글 어스에서, 자기가 갔어야 했을, 가졌어야 했을 길들을 검색하는 언니는.

그때는 몰랐다. 언니의 길들. 언니가 어디쯤 가고 있는지, 언니가 길을 찾기 위해 검색을 하는 건지, 아니면 잃기 위해 그러는 것인지도.

#14

"이거 봐. 진짜 편지를 보낸 사람이 있어."

오빠가 핸드폰을 내밀었다.

손 편지를 찍은 사진이었다. 글씨체가 동글동글하고 귀여웠다. 미피 캐릭터가 그려진 편지지에 한 가득, 자기가 어떤 사람인지, 왜 그 인형을 '입양'하고 싶은지에 대해서 썼다. 나는 편지를 읽다 말았다.

오빠는 병원의 언니에게 사진을 보냈고 곧 답장이 왔다.

—마음에 들어. 좋은 사람 같아. 그 사람으로 할래.

"편지만 보고 어떻게 알아?"

내 말은 어디에도 닿지 않고 흩어졌다.

인형은 직거래가 조건이었다. 언니가 직접 나가 주고 싶어 했기 때문이었다. 하지만 입원과 함께 언니의 계획은 어그러졌다.

"내가 갈게."

"진짜?"

오빠는 내 얼굴을 살폈다. 나는 아무것도 읽히지 않으려, 아무렇지 않은 표정을 유지하려 애썼다. 그러나 사실 나도 내 마음을 몰랐다.

언니는 내가 나가도 좋다고 허락했고, 오빠가 그 사람과 약속을 잡았다.

만날 장소는 공덕역 5호선 방화 방면 플랫폼이었다. 오빠가 정했다. 집에서 너무 멀지도 가깝지도 않고, 환승역이라 접근성이 높고, 물건을 건네고 바로 지하철을 탈 수도 있으니 돈 들 일도 적은 장소였다.

모는 선뜻 함께 가 주겠다고 했다. 우리는 언제나처럼 일요일 아침 일찍 만나 공부를 하고, 점심을 먹고, 함께 지하철을 탔다. 십오 분 일찍 도착해서 플랫폼 벤치에 앉았다. 플랫폼은 천천히 차고, 순식간에 비었다.

약속 시간이 다가올수록 온몸이 딱딱해지는 기분이 들었다.

"세 시 딱 되면 그냥 가자."

모가 말했다. 모는 내 상황은 알지 못했지만 본능적인 경계심을 발휘하고 있었다.

세 시 오 분 전에 그 사람이 나타났다. 이마를 가린 앞머리에 목을 덮도록 긴 뒷머리. 헐렁한 바지와 웃옷. 알록달록한 천가방.

남자일 거라고는 전혀 상상하지 못했다.

"저, 직거래하러 나오신 거 맞나요?"

그 사람이 나와 모를 번갈아 보며 물었다.

그 사람은 인형을 봐도 되냐고 묻고는, 벤치 앞에 쭈그리고 앉아 상자를 열었다. 감탄과 칭찬. 그리고 그 사람이 가방에서 봉투를 꺼냈다. 진한 파랑색의 편지 봉투였다. 그 사람은 다시 한번 우리를 번갈아 보고 상자 위에 봉투를 올려놓았다.

"이게 뭐예요?"

모가 따지듯 물었다.

"네? 저기, 현금인데요. 편지 원본도 넣었어요. 확인해 보세요."

그 사람이 밝게 말했다.

모가 봉투 안을 확인했다. 돈을 세고, 편지지를 꺼내 내게 내밀었다.

"울지 마세요."

그 사람이 당황해하며 말했다.

나는 울었다. 인형이 아까워서 울었고 언니가 미워서 울었고 언니가 인형을 포기하는(그렇다, 나는 그것이 포기라고 생각했다) 이유 때문에 울었고 우기지 못한 내가 싫어서 울었고 우기지 못한 이유 때문에 울었다.

내가 울었기 때문에 그 사람은 상자를 들고 갈 수 없었다. 거래를 파기하겠느냐고 조심스레 물어 왔다.

"없던 일로 해도 괜찮아요."

안 될 말이었다. 인형의 주인은 내가 아니니까. 내겐 그럴 권리가 없었다.

#15

나는 감정적이 되고 싶지 않다. 조절할 자신이 없기 때문이다. 조금만, 적당히가 되지 않는다. 처음부터 절대 울지 않을 거라고, 아무 반응을 보이지 않을 거라고 마음을 다잡고 있는 게 낫다.

감정적이 되지 않기 위해 무수히 연습했다. 절대 무너지지 않도록 벽을 두껍게 다졌다. 그래서 반대쪽 벽은 도리어 얇았다. 나는 아직, 에너지는 제한적이며 한쪽으로 쏠리면 다른 쪽은 자연히 옅어지고 취약해진다는 것을 몰랐다. 나를 보호하기 위해 만들어 놓은 그 모든 것들 때문에 도리어 속절없이 드러나게 된다는 것을. 그리고 그게 내겐 축복이었다.

무너졌고 드러냈기 때문에 이어졌던 거라고, 지금의 나는 생
각한다.

#16

　몇 가지 우연을 거쳐서 나는 인형을, 그리고 그 사람을 다시 만나게 되었다.

　우연 1. 잃어버렸던 인형 모자 리본을 찾아냈다. 하늘색 리본은 어쩐 일인지 내 책상 서랍에 들어 있었다.

　우연 2. 모가 말했다.

　"어제, 나 그 사람 봤어. 네 인형 사 간 사람 있잖아."

　모는 동네 떡볶이 집에서 그 사람을 봤다고 말했다. 그 사람이 모를 알아보고 말을 걸었다고 했다.

　"네 인형 잘 있대. 사진 보내주고 싶었는데 부담스러워할까 봐 못 보냈대. 자기 인스타를 알려 주더라."

나는, 모가 '네' 인형이라고 말하는 것을 굳이 고치지 않았다.

모와 나는 함께 그 사람의 인스타 피드를 보았다. 그날 입었던 것과 비슷한 구제 옷들을 파는 사람이었다. 그런 옷을 입고 포즈를 취한 사진들이 많았다.

"그 인형 물건 하나, 까먹고 안 줬는데, 줘야겠지?"

충동적으로 말했다. 원래는 인형 대신 기념으로 보관할 생각이었다.

"그럼 우리 동네 와 볼래? 거기 떡볶이 집이 자기 엄마가 하는 데라고 하던데. 거기다 맡기면 되겠지."

모가 제안했다.

"그 집 떡볶이가 맛있거든."

아주 중요한 정보라도 되는 듯, 모가 덧붙였다.

골목이 많은 동네였다. 큰길에서 고작 한 골목 안쪽으로 들어왔을 뿐인데 어느 쪽이 큰길이었는지 헷갈렸다. 붉은 벽돌집들이 빼곡한 골목길 위로는 검은 전선들이 완만한 곡선을 그리며 늘어져 있었다. 전선들이 어떤 방식으로 어느 집으로 들어가는지가 보였다.

알록달록했다. 대문 앞 화분마다 피어난 잎과 꽃 들, 오래된

빌라 앞의 장미 나무들. 가시 없이 색깔만으로도 찌를 듯 튀는 빨간 장미. 전봇대를 타고 이어진 연등은 분홍과 노랑과 하늘빛을 보탰다.

골목 끝에 초등학교가 있었다. 학교 벽 위로 뻗어 나와 늘어진 향나무 가지가 바닥에 선명한 그림자를 드리웠다. 운동장에서 축구 하는 사람들의 외침이 들려왔다.

정문 앞으로는 작은 가게들이 줄 지어 있었다. 공과 훌라후프를 엮어 매달아 놓은 문구점, 미용실, 샌드위치 가게, 미술 학원,

그리고 떡볶이 가게. 가게가 자리 잡은 건물들은 형제나 사촌처럼 비슷비슷했다. 지붕의 기와 색깔만 달랐다. 새파랑, 톤 다운된 초록, 풀색, 그리고 주황색이었다.

그 사람, 네이가 떡볶이 가게에 있었다. 구석 탁자에 앉아 파를 다듬고 있었다.

네이는 리본을 반가이 받았다. 그리고 내게 인형을 보고 싶냐고 물었다.

떡볶이 집 이 층은 살림집이었다. 바닥부터 천장, 벽까지 온통 나무인 옛날집. 남서향 창으로 쏟아져 들어오는 햇빛. 마룻바닥에 일렁이던 햇빛과 옅은 커튼 그림자. 그리고 팡 터뜨린 것 같은 오색의 무늬와 패턴. 빽빽하게 옷이 걸린 행거와 물건이 가득 찬 수납장들.

세상을 부드럽게 뭉쳐 놓은 듯한 공간이었다. 그곳이 바로 네이의 세계였다.

한쪽 벽에는 노랑 초록 체크 무늬 재킷이 전시품처럼 걸려 있었다. 인스타에서 봤던 옷이었다.

"이건 내가 만들어서 붙인 거예요."

네이가 옷깃의 뜨개 장식을 가리키며 말했다.

인형은 유리 진열장 안에 들어 있었다. 기대어 앉은 인형 앞에 놓인 물건들은 인형이 새롭게 소유하게 된 재산 같아 보였다. 오르골, 유리공예품, 자수로 꾸민 나무상자, 은제 반지와 터키석 브로치 들이었다.

"여기 있는 건 안 파는 거예요."

네이가 강조했다. 인형은 만족스러워 보였다. 그래서 나는 안심했고 조금 괴로웠다. 아니, 나는 질투했다. 인형을 소유하게 된 네이를? 아니면, 자기 자리를 찾은 인형을.

"그럼 우리 이제 내려가서 떡볶이 먹을까?"

모가 물었다.

#17

네이에 대해 쓰는 것은 조금 어렵다.

쉬운 것부터 시작하자.

네이는 우리보다 나이가 많았다.

스무 살. 하지만 우리는 서로에게 존댓말을 썼고, 얼마 지나지 않아 서로에게 반말을 썼다. 네이는 우리에게 몇 살이냐고 물어본 적도 없었다.

네이는 낡은 옷이나 가방, 액세서리를 사서 깨끗하게 수선해서 다시 파는 식으로 돈을 벌었다. 서울 곳곳의 벼룩시장이나 중고품 가게들을 돌면서 물건을 가져왔다. 이베이 같은 외국 사이트에서 구입하기도 한다고 했다.

언니가 내건, 인형을 사려면 편지를 쓰라는 조건이 얼마나 희한한 것이었는지 네이와 친해진 뒤에 들었다. 인형 수집하는 사람들 커뮤니티에서 말이 돌았다고 했다.

"그렇게 그 인형이 유명했어?"

모가 물었다.

"거기가 판이 좁거든. 희귀한 인형이었고, 상태도 좋고, 가격도 진짜 저렴한 거여서."

"다들 부러워했겠네, 그 인형 가져서."

모의 말에 네이는 머뭇거렸다.

"말 안 했어. 나는…… 그 인형을 내가 가졌다고 생각 안 해서. 그냥 잠깐, 맡은 거라고 생각해서."

네이는 그 인형이 내 것인 줄로 알았을 것이다.

네이가 인형에 대해 더 묻지 않은 것은 내가 울었기 때문이다.

네이는 사정을 묻지 않는 게 낫다고 생각했을 것이다. 네이는 그런 사람이었다. 상대가 말할 때까지 기다리는 사람. 참는 사람. 다 받아 주는 사람.

네이의 집은 지금껏 내가 가 본 그 어떤 집과도 달랐다.

집과 창고와 박물관을 섞고 열두 색 물감을 첨가한 뒤에 깨끗하게 말린 것 같은 느낌이었다. 아니면 팝업 책. 접으면 보통 책인데 펴면 온갖 형태가 튀어나와 눈이 휘둥그레지는 그런 책 같았다.

모와 나는 네이의 집 이 층 베란다와 안쪽 방에 쌓인 많은 물건들을 구경했다. 앞 베란다에는 세탁기와 청소도구들이 철제 선반에 차곡차곡 쌓여 있었다. 청결하고 좋은 냄새가 났다.

네이는 빈티지 가게를 여는 게 꿈이었고 물건들은 언젠가 그 가게에 전시될 것들이었다. 언니의 인형도 그중 하나였다. 나는 네이의 가게 진열장에 인형이 놓여 있는 것을 상상했다. 그 앞을 지나는 아이들과 한때 아이들이었던 사람들은 모두 인형에게서 눈을 뗄 수 없을 것이다, 코제트가 그랬듯.

그렇게 물건이 많은데도 난잡하게 느껴지지 않았다. 그 집에 있으면 내가 누구든 무엇이든 상관없어지는 기분이었다. 잡다한 수집품 중 하나인 척 가만히 아무것도 안 하고 있어도 되었다.

평가받지 않기에 평가할 필요도 없었다. 그래서 그 집에 있으면 편안했다.

언제나 많은 사람들이 그 집을 오갔다. 일 층에서 떡볶이를 먹고 있으면 열 명도 넘는 사람들이 네이에게 말을 걸었다. 동네 '이모들', 어린아이들과 노인들. 모두가 네이를 좋아했고 네

이도 그들을 좋아했다.

네이는 특히 노인들을 좋아했다.

"이 도시에서 제일 밝은 색깔의 옷을 입는 사람들이잖아."

네이는 한 집에 오래 산 노인들이 그 집을 가꾸는 방식을 좋아했다. 집 앞의 화분에서 자라는 상추와 파. 사는 사람만이 아는 소소한 발명품들을. 초인종 위에 달아 둔 빗물 가리개와 창밖으로 뻗어 나온 빨래 건조대와 벽돌을 쌓아 만든 쓰레기 거치대. 나는 네이의 설명을 듣고서야 그런 것들을 알아보았다.

그리고 할아버지의 집을 생각했다.

금빛 테두리의 사기 화분에서 자라는 난들과 할아버지가 직접 기름칠하며 관리하는 마룻바닥과 먼지 한 톨 없는 대리석 계단과 마당 수도꼭지에 둘둘 말린 호스와 불투명한 유리창의 무늬를, 한 번도 좋아해 본 적 없는 것들을 생각했다.

네이는 우리를 여러 장소로 데리고 가 주었다.

주로 시장이었다. 동묘와 남대문과 동대문 같은 상설 시장 말고도 도시 곳곳에서는 많은 시장이 열렸다. 플리마켓, 농부의 시장, 공예품 마켓. 전문 상인이 아닌 사람들이 수줍게 자기 물건을 놓고 파는 작은 시장들이었다. 네이는 그런 시장에서 특별한 물건을 만나기를 기대했다.

관계는 장소들로 이어진다. 지형적으로도 확장된다. 한 사람에게 속한 길까지 나에게 닿는 것이다.

그전까지는 출발지와 도착지가 정해져 있었다. 학교나 그 근처에서 집까지. 네이를 만난 뒤로, 출발지의 깃발은 매번 새로운 장소에 꽂혔다.

일부러 미세먼지 농도를 체크하지 않았던 주말의 시장. 바람에 자꾸 날리는 물건들. 그걸 막기 위해 올려놓은 돌과 물병과 핸드폰. 무거운 것들. 가벼운 것들이 필요로 하는 것들.

모와 나는 네이가 엄마 오리라도 되는 것처럼 쫓아다녔다. 나는 버려진 플라스틱을 녹여 만들었다는 업사이클링 열쇠고리를 샀다. 젊은 여자 셀러는 초코하임을 하나 같이 주었다.

모와 네이의 동네에서 우리 동네까지 한 번에 오는 버스가 있었다. 753. 마치 운명처럼 느껴졌다.

루트13.

은평연세병원 정류장(12-204) – 753번 버스 – 공군회관 앞 버

스 정류장(19-255) - 여의대방로 - 여의대방로 44길 - 아파트
정문.

빨리 오고 싶을 때는 지하철을 섞어 타면 되었다.

루트14.

6호선 연신내역 - 6호선 광흥창역 1번출구 - 광흥창역·서강동
주민센터 정류장(14-201) - 153번 버스 - 공군회관 앞 버스 정
류장(19-255) - 여의대방로 - 여의대방로 44길 - 아파트 정문.

아예 지하철만으로도 갈 수는 있었다.

루트15.

6호선 연신내역 - 구산역 - 응암역 - 새절역 - 증산역 - 디지
털미디어시티역 - 월드컵경기장역 - 마포구청역 - 망원역 -
합정역에서 2호선으로 환승 - 당산역 - 영등포구청역 - 문래
역 - 신도림역에서 1호선 환승 - 영등포역 - 신길역 - 대방역.

고통받고 싶지 않으면 다시는 이러지 말 것.

#18

"이것 좀 봐. 아름답지?"

네이가 가게 유리 너머의 목각 인형을 가리켰다. 빈티지 그릇 세트 사이에 자리 잡은 인형은 크고 섬세했다. 내리깐 눈의 속눈썹까지 그려져 있었다. 머리는 뒤로 묶어 올린 모양이었고 몸통에 연푸른색으로 옷 모양을 칠했다. 팔꿈치 아랫부분은 따로 철사로 연결되어 있어 꼭 팔이 잘린 것처럼 보였다. 몸 앞으로 모은 손의 손가락은 몇 개 없었다. 내리깐 눈은 슬펐다.

"유럽의 벼룩시장에 가 보고 싶어. 관광지에 있는 거 말고, 진짜 동네에서 하는 시장 말이야. 그런 데 가면 저런 인형을 구할 수 있을 거야."

네이가 말했다.

나는 모의 어깨너머로 모가 그 인형을 묘사하는 글을 따라 읽었다. 모는 그 인형이 비참해 보인다고 썼다. 비참해서 더 아름답다고 썼다.

우리는 이태원 앤틱 가구 거리에 왔다. 뭘 사러 온 것은 아니었다. 네이는 앞으로 만들 가게를 위한 사전조사라고 했다. 거리를 한 바퀴 돌고 6호선 이태원역 근처에서 양고기가 든 케밥을 먹었다. 모는 케밥 말고 감자튀김과 사이다만 주문했다.

식당에서 모가 이야기를 해 주었다. 닐 게이먼이라는 영국 작가의 단편 「기사도」 줄거리였다. 연금을 받고 사는 할머니의 취미는 중고물품 가게에 가는 것이었는데, 어느 날 거기서 성배를 발견하는 것으로 이야기가 시작한다.

"할머니는 그걸 벽난로 위에 올려뒀어. 근데 아서 왕의 기사가 찾아온 거야. 아서 왕 알지? 아서 왕과 기사들이 성배를 찾잖아. 기사는 성배를 가져가고 싶어 했어. 할머니는 줄 수 없다고 했고. 기사는 성배와 교환할 다른 물건들을 가져와. 철학자의 돌이랑, 불사조의 알이랑, 생명의 사과. 그 사과는 한 입 먹으면 젊음을 되찾고, 두 입 먹으면 영생을 살 수 있는 그런 사과였어. 할머니는 사과껍질에 손을 댔다가 손에 묻은 즙을 맛보는데, 그것만으로도 젊은 시절의 느낌이 생생하게 살아나는 거야……. 하지만 할머니는 사과는 안 받아. 철학자의 돌도 거절하고 불사조의 알만 받아서 성배 대신 벽난로 위에 올려놓지. 기사는 성배를 가지고 떠나. 그리고 할머니는 중고가게에 가서 또 뭔가 발견해. 먼지 묻은 램프였지. 뭔지 알겠지?"

모는 여느 때처럼 자기가 아는 것과 남이 아는 것 사이의 간극을 조정하지 못했다. 어쨌든 이 동네에서 듣기엔 꽤 괜찮은 얘기였다.

네이가 물었다.

"알라딘의 요술 램프? 문지르면 지니 나오는?"

"그거였겠지. 하지만 할머니는 이번엔 그건 안 사. 그냥 로맨스 소설만 몇 권 사서 나오지."

네이는 생각에 잠겼다.

"나도 그런 걸 꿈꿔. 시장에서 옷더미를 뒤지는데, 사진으로만 봤던 디자이너의 옷을 발견하는 거야. 아무도 몰라본 걸 내가 알아보는 거지."

"그래서 한몫 잡으려고?"

모가 놀리듯 말했다.

"아니, 못 팔걸. 내 가게에, 가장 잘 보이는 데 걸어 두는 거지. 음, 그럼 진짜 기분 좋겠다."

어렵게 얻은 것, 혹은 쉽게 얻어 낸 것. '알아보았다'는 것이 노고의 증명일 수 있을까? 알아보았으니 가질 자격을 얻은 걸까.

또한 그날, 모는 자기 수첩을 네이에게 보여 주었다. 모는 그것으로 자기를 설명할 수 있다고 한 톨의 의심도 없이 믿었다.

"얘는 길을 수집해."

모가 나도 설명했다.

때로는 어떤 단어 하나로 상황이 뚜렷해진다. 대중없이 굴러다니던 것들이 조화롭게 자리 잡는 것이다. 지금은 그 말이 그랬다. '수집'.

네이는 궁금해했다. 나는 블로그를 보여 주었다. 그때까지 17개의 길을 모아 두었다.

"지도를 계속 보는 건 아니야. 미리 길을 조사해 놓고, 그걸 찾아가는 거야. 지도는 진짜 헷갈릴 때만 확인해. 어차피 길은 대충 다 이어져."

네이는 주의 깊게 글을 읽고 사진을 보았다. 나는 한 걸음 물러서서 그 내용이 얼마나 보잘것없어 보이는지, 책 귀퉁이의 낙서처럼 보이는지 '객관적'으로 판단했다. 동시에 네이와 모가 보이는 것 이상을 '알아보는' 것을, 거의 놀라면서 지켜보았다.

알아보는 것은 곧 의미를 부여한다는 것. 누구나 갈 수 있는 길이지만 그런 식으로 조합한 것은 내가 유일했으리라. 그렇게 길들을 알아보았기에, 의미를 찾아냈기에, 나는 길을 가진 것이었다. 모의 문장들도, 네이의 물건들도 마찬가지였다.

우리 셋의 공통점을 알 것 같았다. 알아보고 모으려 한다는 것. 물건을, 문장을, 길을.

왜 모으고, 기록하고, 알려 했을까? 무엇이 결핍되었기에 그런 것들로 채우려 했던가? 우리가 뭔가를 특별히 원할 때, 그 이유는 무엇일까? 만족이란 뭘까?

네이는 우리 둘보다는 좀 더 알고 있었던 것 같다. 세상을, 사람을, 그리고 모와 나를. 왜 네이는 우리에게 그런 애정을 주었던 것일까. 우리는 그저 평범하기 그지없는, 책임질 수 있을 만큼만 삐뚤어지고 회의적인, 남몰래 허황된 희망을 품고 있었던, 어디에서나 볼 수 있는 십 대들이었을 뿐인데.

기본 메이크업을 하지 않으면 마스크를 꼭 써야 하는, 그러다가도 어떤 날에는 수면바지를 입고 거리를 활보하는. 나와 비슷한 누군가가 옆에 있어야 안심하지만 동시에 자신은 누구와도 다르다고 생각하는.

이태원에서 집에 오는 길.

루트18.
6호선 이태원역 – 녹사평역 – 삼각지역 하차 – 6호선 삼각지역 9번 출구 – 삼각지역 버스 정류장(03-008) – 150번 버스 – 공군회관 앞 버스 정류장(19-255) – 여의대방로 – 여의대방로 44길 – 아파트 정문.

삼각지역에서 다시 검색을 했다. 150번 버스는 좀 지겨웠다. 공군회관에서 올라가는 길도 그랬다. 돌아가더라도 다른 버스를 타고 싶었다.

삼각지역 버스 정류장(03-058) - 606번 혹은 507번 버스 - 대

방역 버스 정류장(19-254) - 영등포로 - 노량진로 - 여의대방

로46길 - 이름 없는 샛길 - 아파트 후문.

#19

　모와 나는 주말 패턴을 새롭게 잡았다. 일단 학교에 와서 점심 전까지는 자습실에 있고, 점심을 먹고 나서 근처 카페로 갔다. 모가 도시락을 싸 온다고 해서 몇 번은 도시락을 쌌다. 언니가 도시락을 싸 주었다. 언니는 삼 주 만에 퇴원을 했고, 요리 유튜브에 빠졌다. 생일 선물로 주물냄비를 사달라고 할 정도였다.

　"나도 저런 거 찍어 볼까?"

　"해 보고 싶으면 해 봐. 편집 도와줄게."

　오빠가 말했다. 언니는 새 영상을 계속 클릭했다. 짜장면과 마카롱과 닭구이의 섬네일이 휙휙 지나갔다.

　"근데 못 할 거 같아. 얼굴 팔릴 각오를 해야 하잖아."

"그럼 인스타로 시작해 보든지."

"인스타는 하고 있어."

"아 진짜? 가족에게는 비밀이야?"

"아니, 뭐……."

언니는 말끝을 흐렸다. 궁금했지만 묻지 않았다. 나도 블로그에 기록을 남기고 있다는 걸 말 안 했으니까.

언니는 오븐의 가격을 검색했다. 할아버지에게 사 달라고 하면 간단한 일일 텐데, 언니는 그냥 미니 오븐을 샀다. 그러곤 흑맥주가 들어간 토마토스튜, 요거트를 넣은 탄두리 치킨을 만들었다. 언니가 산 향신료들, 커민과 통후추와 월계수잎, 병에 든 씨앗과 말린 잎들.

"신기하지 않아? 이게 먹는 건 줄 어떻게 알았을까?"

언니가 말했다. 언니는 내 손에 마른 씨앗 같은 걸 올려놓았다. 알싸한 냄새가 났다. 팔각이라고 했다.

언니는 주로 밤에 요리를 했다. 엄마 아빠가 일찍 잠든 후에. 오빠와 나의 야식, 혹은 아침거리.

"좋은 취미야."

오빠가 말했다.

"도움이 되긴 하지."

언니는 가볍게 말했다. 야자를 하고 온 날, 나는 씻
지도, 교복을 갈아입지도 않고 식탁 의자에 앉
아 언니가 도넛을 만드는 것을 지켜보았
다. 도넛가루에 통밀가루와 잘게 부순
견과류를 섞어 만든 반죽. 밀대로 밀고
둥글게 찍는다. 큰 동그라미는 커피
주전자 뚜껑, 작은 동그라미는 올리
브오일 뚜껑. 나는 티스푼으로 병뚜
껑에 낀 반죽을 긁어냈다.

넓은 냄비에 찰랑이는 기름 속으로
도넛 반죽이 끝도 없이 들어갔다.

"먹어 볼래?"

도넛은 바삭하고 뜨거웠다. 언니는 입도
대지 않았다.

"학교 좀 가져가. 친구들이랑 먹어."

언니는 쟁반 위에 세 줄로 차곡차곡 쌓인 도넛들과 설거지거
리를 남기고 자러 들어갔다. 잠들 힘은 남겨 두어야 하니까. 나
는 반죽이 들러붙은 식탁 위만 대충 치웠다. 남은 뒷정리는 엄
마나 아빠의 몫이 될 것이다. 그리고 누구도 그에 대해 불평하

지 않을 것이다.

　모기를 잡기 위해 일어나는 새벽. 언니가 깨지 않도록 책과 베개를 이용해 언니 얼굴 위로 그늘을 만들어 두고 불을 켰다. 새집의 전등은 너무 밝아서 한번 보고 나면 다시 어두워져도 잠들기 힘들었다. 나는 눈을 감고 목적지를 정하고 길을 골랐다. 번호 없는 버스와 이름 모를 길들을, 얕은 잠 속에서 그러모았다.

#20

네이가 문자를 보냈다.

―지난번에 궁금하다고 했었잖아. 오늘 탐색 나갈 건데 같이
갈래?

탐색. 시장을 돌아다니는 것보다 한 단계 위의 일이었다.

만나기로 한 장소는 모와 네이의 동네에서 가까웠다. 지하철
역 출구에서 모와 네이를 기다렸다. 버스를 타고 올 거라고 막
연하게 생각했는데 하얀 차가 앞에 섰다.

네이가 운전을 하는 모습에 좀 놀랐다. 모가 조수석에 타고
있었다. 모는 굳이 내려서 뒷좌석 내 옆으로 자리를 옮겼다.

"거기 마스크랑 목장갑도 있어."

네이가 말했다.

차가 좁은 찻길로 접어들자 곧바로 풍경이 바뀌었다. 곧 재개발이 시작될 동네였다. 가게였던 창문마다 그어진 붉은 선. 열린 창문 안 빈방과 찢어진 벽지. 내장을 빼고 말려지는 생선 더미 같았다.

버려진 가구와 물건이 쌓인 골목 어귀에 서서, 네이는 기뻐했다.

"와, 파 볼 거 많다!"

"쓰레기를 뒤지는 거군."

모는 말하곤 그늘에 서서 수첩을 펼쳤다.

나는 네이의 뒤를 따라다녔다. 네이는 장갑과 마스크를 끼고서, 헤집은 느낌이 나지 않도록 조심스레 물건들을 들었다 놓았다.

"바퀴 나올지도 모르니 조심해."

멀리서 모가 외쳤다.

네이는 몇 가지 물건을 건졌다. 작은 스테인리스 주전자, 반투명한 우윳빛 유리그릇들, 칠이 벗겨진 소반이 트렁크로 들어갔다. 네이는 뒷좌석에 있던 작은 아이스박스에서 얼음물을 꺼내 내게 건넸다.

"이런 데 자주 와?"

"가끔. 이런 오래된 동네에는 몇 십 년씩 사신 분들이 많으니까 진짜 옛날 물건이 있거든. 이사 갈 때 버리고 가는 경우도 많고."

새집에 갈 때는 옛것은 두고 간다. 물건을 정리하던 언니가 떠올랐다. 언니는 어디로. 나는 물을 들이켰다. 생각하고 싶지 않았다.

"여기 좀 와 봐!"

모가 우리를 불렀다.

"이 나무도 뽑나 봐."

커다란 향나무였다. 몇 년 묵은 진초록 가지 끝에 올해의 새잎을 조심스레 피워 낸, 가지마다 불을 켠 것 같은 나무였다. 밑동에 래커로 붉은 표시가 되어 있었다.

"어디 다른 데 심어 주지 않을까?"

네이가 말했다.

"그렇게 세심하게 신경 써 주겠어? 뭐 되게 특이한 나무도 아닌데."

모가 말했다.

우리 셋의 감정은 달랐다. 모는 분노를, 네이는 슬픔을, 나는 허무함을 느꼈다. 화를 내고, 안타까워하고, 어쩔 수 없다고 느꼈다.

나는 더 이상 여기 있고 싶지 않았다. 하지만 먼저 가자고 말할 수가 없어서, 느껴지는 것들을 참고 누르며 기다렸다.

"거 뭐 해? 쓰레기는 왜?"

할머니 한 분이 회색 슬레이트 지붕의 단독주택에서 나왔다. 네이는 넉살좋게 할머니와 대화를 나누기 시작했다. 할머니는 자기 집에 좋은 물건이 많다고 말했다.

"재활용 센터에서 사람이 왔었는데 가져갈 만한 게 없다고 하더만. 그냥 버리라고. 근데 영 아까워서."

"다 아름답네요."

네이는 문갑과 장롱과 이불장을 보고 감탄했다. 할머니는 칭찬에 기분이 좋아진 듯 말이 길어졌다. 사십 년도 넘게 아끼며 썼다고, 이제 아들네 방 한 칸으로 들어가기 때문에 가지고 갈수가 없다고.

"제가 가져온 차가 너무 작아서요⋯⋯ 잠깐만요."

네이는 어디론가 전화를 걸었고 곧 여자 둘이 작은 용달을 끌고 나타났다.

"이런 건 못써."

"그래두요, 누나. 제가 비용 드릴게요."

나는 할머니가 듣지 못할 거리에서 이뤄진 대화를 들었다. 여자들은 그 가구들이 가져갈 만하지 않다고 판단했고 네이도 그 판단에 동의했다. 하지만 네이는 할머니를 실망시키고 싶어 하지 않았다.

결국 장롱은 빼고 이불장과 문갑과 상이 용달에 실렸다. 네이는 지갑에서 몇 만 원을 꺼내 할머니에게 건넸다. 여자들은 따분한 얼굴로 그 모습을 바라보았다. 나는 다가온 모에게 상황을 속삭여 설명했다.

"천사 병인가."

모가 중얼거렸다. 모는 네이에 대해선 좀 더 거칠게 말했다. 가끔은 듣는 앞에서 직설적으로 말하기도 했다. 그래도 그 말들이 네이를 상처 입히지 않은 것은 확실하다. 모가 삐져나온 철사처럼 네이를 찔러도, 털실뭉치 같은 네이는 그대로였다.

"아 맞다, 괜찮은 게 하나 더 있어. 그건 그냥 드릴게."

할머니가 네이를 붙잡았다. 용달차에서 성마른 경적이 울렸다.

네이는 할머니를 따라 뒷마당으로 갔다. 네이가 들고 돌아온 것은 의자였다. 등받이가 기울어진 일인용 라탄 의자. 휘어진 대나무의 곡선이 고왔다.

"예쁘다."

내 말에 네이가 물었다.

"가지고 싶어?"

그 질문에 놀랐다. 예쁘면 가지고 싶은 건가. 지금껏 나는 의식조차 못 할 정도로 자연스럽게 그 둘을 분리해 왔다.

모가 고개를 저었다.

"더럽잖아. 뭐가 묻었을지 알고."

"닦고 소독하면 돼. 내가 닦아서 집으로 가져다줄 수 있어. 가질래?"

네이가 거듭 물었다. 내가 대답했다.

"어."

"진짜?"

모가 얼굴을 찡그렸다.

네이는 일주일 뒤에 그 의자를 가지고 왔다. 엄마에게 미리 말해 두긴 했다. 모가 시나리오를 짰다. 친구의 먼 친척이 중고 가구를 파는데, 이번에 가게를 정리하면서, 남는 의자를 준다고 해서……

"뭘 줘? 의자를? 아니, 집에 의자 많은데……."

엄마는 내 말을 스쳐 지나가듯 듣고 말았다. 비현실적인 얘기 이긴 했다. 나조차도, 일요일 오후에 네이에게서 전화가 올 때까지 반쯤은 꿈처럼 생각하고 있었다.

"이걸 어떻게 집에 둬? 들여오지도 못하겠어!"

엄마의 목소리가 사정없이 올라갔다. 나도 움츠러든 참이었다. 막상 현관 앞까지 끌고 오니 생각보다 컸던 것이다.

"들어갈 순 있어요, 어머니."

네이의 밝은 목소리가 벽을 허물었다.

"제가 안을 좀 봐도 될까요?"

네이는 우리 집을 이리저리 살펴보더니 인테리어 디자이너 처럼 진단을 내리기 시작했다.

"여기 창가에 놓으면 활용도가 높을 거예요. 이쪽 그릇장을 십오 센티만 안쪽으로 옮기구요, 작은 소파를 기역자로 놓으면 돼요."

엄마는 절대 그 제안을 받아들이지 않았을 것이다. 언니가 아니었다면.

"좋은데. 마음에 들어."

언니가 산뜻하게 말했다.

네이가 언니를 향해 미소 지었다. 언니도 웃었다.

"그렇지만…… 중고품이라면서요? 더럽지 않아요?"

엄마의 목소리가 수그러들었다. 혼란스러워졌다.

"제가 다 소독했어요. 깨끗해요!"

그때는 그 소독과 청소의 값이 얼마나 되는지 잘 몰랐다. 네이가 얼마나 수고를 들였는지, 그 수고를 돈으로 환산하면 얼마나 나가는지도. 돈이 아니라 마음으로 보답하려면 어떻게 해야 하는지도.

네이는 가구를 옮기고 의자를 놓고는 오로지 의자만을 배달하러 온 사람처럼 재빨리 집을 빠져나갔다.

언니는 그 의자가 원래부터 거기 있었던 양 자리 잡고 앉아 요리책을 펼쳤다. 엄마가 내게 뭐라 말하기 전에 언니가 한마디 했다.

"편하다."

언니의 말은 모든 반박과 우려를 밀어내는 효과가 있었다.

라탄 의자는 밤이 되자 조명 아래 반짝반짝 빛났다. 웅크리고 앉은 언니. 의자 위에 올라간 맨발. 옷 주름 그림자. 아름답고, 멀어 보였다.

그제야, 내가 말하지 않은 것들을 생각했다.

언니, 아까 그 사람이, 인형을 데려간 사람이야.

네이, 그 인형은…… 우리 언니 건데.

#21

나는 취향을 알아가고 있는 참이었다. 샛길이 많을수록 좋다는 것. 잡초 하나도 볼거리가 된다는 것. 아스팔트의 갈라짐. 벽을 타고 올라간 가스관. 지붕 위와 대문 위의 풀들. 가꿔서 자라는 것들과 가꾸지 않아도 자라는 것들.

오래된 동네가 좋았다. 집이 다 다른 게 좋았다.

규격이 없다는 걸 볼 때의 안도감.

건물마다, 집들마다, 방마다의 인생들. 길에서 마주치는 사람들의 내가 모르는 삶.

내가 아는 게 다가 아니다. 모르는 동네에서 느끼는 새로움은 다른 삶의 방식과 모습이 가시적으로 존재한다는 증거였다.

#22

"그럼 그중에서 가장 좋아하는 길은 뭐야?"

네이가 물었다. 질문을 들었기 때문에 답이 생겼다. 그전에는 좋고 싫고를 나누지 않았다.

네이에게는 자연스러운 질문이었다. 네이는 좋아하는 것을 골라내는 일에 탁월했으니까. 모였다면, 가장 끔찍하거나 소름 돋거나 싫은 길은 뭐냐고 물었을 것이다.

"한번 가 보고 싶은데."

네이가 말했다.

그게 네이의 방식이었다. 의미를 부여하면 의미가 생긴다. 옷들도 그랬다. 누군가에게는 쓰레기인 옷들도, 네이가 반듯하게 다려 옷걸이에 걸고 사진을 찍으면, 입고 포즈를 취하면, 가지고 싶은 무엇이 되었다. 발굴하는 능력. 그리고 네이는 그 능력을 나의 길에도 발휘한 것이다.

나는 길을 준비했다. 가장 '좋을' 요소들을 생각하고 점검했다. 그러자 물 빠진 갯벌의 구멍처럼 좋아하는 길이 떠올랐다.

일요일 오후, 우리는 서문에서 출발했다.

조금 초조한 기분이었다. 서울역으로 걸어갈 때도 그랬다. 봄에는 좋았던 길인데 지금은 너무 더웠다. 그늘 하나 없는 땡볕 아래로 걸어야 했다. 하지만 네이는 철길을 보며 충분히 감탄해 주었다. 그게 첫 번째 포인트였다.

두 번째는 지하철이 서울역에서 지상으로 올라오는 순간과 올라오자마자 시작되는 도시의 뒷모습들이었다.

지하에서 사람들은 창백해지고 말이 없어진다. 조명은 밝지만 그래서 창밖의 어둠은 더 깊고 사람들은 한 겹 두꺼워진 것처럼 보였다. 껍질을 뒤집어쓴 것처럼, 그 껍질을 벗겨 내면 수세미나 스펀지가 들어 있을 것처럼.

지하의 서울역을 출발하여 어느 순간 실내조명이 꺼지고 자연의 빛과 그림자가 점차 지하철 안에 스며들 때, 사람들의 얼굴에도 생기가 돌아온다.

나는 그 순간을 모와 네이에게 전하고 싶었다. 그러나 설명은 도리어 그 순간을 망칠 것이므로 입을 다물었다. 다만 그들도 내가 보는 것을 보길 바랐다.

건물의 뒷모습에는 말을 곁들일 수 있었다.

"저긴 미술학원 같아. 이젤 보이지? 이제 옥상에 항아리 쌓아 둔 건물이 나올 건데……."

나는 안달이 나 있었다. 눈 깜짝할 사이에 스쳐 지나가는 것들을 목격해야 이 길이 왜 좋은지 이해할 수 있기 때문이었다. 누군가에게는 정돈되지 않은 더러운 장면일 테지만 모와 네이는 나처럼 느낄 거라고, 조금의 의심 없이 믿었다.

세 번째는 한강대교였다. 63빌딩이 가깝게 보였다. 해지는 시간이 맞으면 황금주황빛으로 물든 빌딩을 볼 수도 있었다.

한강을 건너갈 때 모가 다리에 대해서 말했다.

"보통 다리는, 완전히 달라지는 걸 말하잖아. 번 더 브릿지, 그런 말도 있고, 저승사자 나오는 꿈 같은 거에서도 강을 건너냐 마냐가 중요한 선택이지."

"그럼 물이 중요하다는 뜻 아닐까? 물 이편이랑 저편이 달라지는 거니까."

네이가 말했다.

두 사람은 내 길을 덧칠하고 부풀렸다. 앞으로 이 길을 지날 때면, 이 대화를 생각하지 않을 수 없으리라.

노량진역에서 내렸을 때는 걱정했다. 꽤 많이 걸어야 하고, 좁은 길에선 인도와 차도 구분 없이 차들이 지난다. 게다가 더울 것이다.

하지만 꽤 좋았다. 우리는 노량진역 앞 주스가게에서 얼음이 든 주스를 샀다. 혼자 걸을 때는 한 번도 그래 본 적 없었다.

노량진로 큰길을 따라 걷다가, 등용로14길로 접어들고, 등용로12나길을 통해 노량진 지구대까지 가서, 등용로12길을 지나, 영화초등학교 앞 삼거리에서는 여의대방로36길로 넘어가서, 숭의여자고등학교 앞까지.

능소화가 흐드러지게 피어 폭포처럼 흘러내리는 단독주택 앞에서 잠깐 쉬고, 학교 옆길을 통해 노량진근린공원으로 올라갔다. 여기 숲길이 네 번째 포인트였다.

우리는 충분히 느리게 걷다가 바람개비로 장식된 구름다리 건너편, 정체를 알 수 없는 조형물 앞 나무 그늘 아래 벤치에 앉아서 남은 주스를 마셨다. 아파트를 가릴 정도로 충분히 자란 잎들이 간간이 불어오는 바람에 흔들리고 산책 나온 강아지들이 지나갔다.

"어제, 신기한 일이 있었어."

네이가 말했다.

"어디서 중고 장난감을 구했거든. 낡긴 했는데 원래 포장 상자까지 있었어. 미키 미니 그려져 있고, 퍼즐 같은 건데, 그거 알아? 조각을 꺼낼 순 없고 위아래로 움직여서 그림 맞춰야 하는 거 있잖아. 이건 약간 더 복잡해서 제대로 맞추면 하트가 나오고 못 맞추면 깨진 하트가 나오고 그러는 거야. 음, 사진을 보여 줄게."

네이는 인스타에 올린 사진과 댓글을 보여 주었다. 자기 어릴 적 가지고 놀던 것과 비슷하다며 사고 싶다는 댓글이었다.

"근데 이게 일본 거거든. 상자 안에 종이가 있어서 보니까, 일본어 해석해서 쓴 손글씨 메모더라고. 여기, 이 사진. 박스 뒤에 놀이 방법 있잖아. 그걸 엄청 꼼꼼하게 다 해석해서 쓴 거야. 이런 종이도 들어 있다고 사진을 디엠으로 보내줬어. 근데 이 사람이, 그게 자기 아빠 글씨 같다는 거야."

네이는 그 사람이 찍어 보낸 글씨도 보여 주었다. 편지 봉투에 적은 주소와 이름. 정말 비슷했다.

"그럼 이게 원래 그 사람 거였단 말이야?"

"응. 신기하지? 그 사람도 엄청 신기해하더라고. 자기 아빠가 일본 출장 갔다가 사 온 거였다는데 언제 없어졌는지도 몰랐대. 사촌동생 줬던 것 같기도 하대고."

네이는 택배비만 받고 그 사람에게 장난감을 보내주기로 했다고 말했다. 네이는 그런 우연을 기쁘게 생각했다.

모는 평소처럼 네이를 비난하듯 말했다.

"그런 거에 익숙해지면 안 좋아. 비슷한 일이 생겼을 때 또 그런 호의를 기대하게 될 거 아니야. 지난번에는 이렇게 잘해 줬는데, 지금은 왜 다르지 하고 실망하거나 의심할 수도 있고. 기대치를 안 올리는 게 낫다고."

그건 자기 자신에게 하는 말이기도 했을 것이다.

"모두가 기대하고 살면 되지 않을까? 기대하는 만큼 서로 해 주면 되잖아."

네이가 말했다. 반쯤은 장난스럽게, 하지만 네이답게. 모는 눈가를 찡그리고 고개를 저었다.

오솔길에서 이어진 나무 계단을 내려가면 바로 아파트 후문이었다. 그런데 초등학교와 아파트 외벽 사이 길 끝에 낯익은 사람이 보였다.

"언니!"

언니는 오늘 할아버지 집에 간다고 했었다. 보통은 가면 자고
온다. 할아버지와 함께 사는 둘째 고모는 우리가 그 집에 가는
걸 대놓고 싫어하고, 오빠와 나는 거의 가지 않는다. 하지만 언
니는 자주 간다. 할아버지가 보낸 기사가 데리러 오고 데려다준
다. 그런데 언니가 왜 저 길을 걸어 올라오고 있는 걸까. 지하철
을 탈 때나 오게 되는 길인데.

"아. 안녕. 안녕하세요."

언니는 나와 네이와 모를 바라보았다. 언니가 내 친구를 보는
건 몇 년 만의 일이었다.

집에는 오빠도 있었다. 오빠는 예의바르게 인사를 하고는 방
에 들어갔다.

언니가 피자를 주문했다. 할아버지에게 용돈을 받아서 넉넉
하다고 말했다. 언니는 레몬을 짜서 얼음과 꿀을 넣어 레모네이
드도 만들어 주었다.

"의자 잘 쓰고 있어요."

언니가 네이에게 말했다. 네이는 쑥스러워하는 태도로 의자
에 어울리는 방석을 구해 보겠다고 말했다.

우리는 피자를 먹고 보드게임도 했다. 오빠는 말고, 우리 넷만. 오빠는 자기 몫의 피자를 가져다가 방에서 먹었다.

보드게임은 네이가 가져온 것이었다. 네이가 머뭇거리며 가방에서 상자를 꺼내자 언니가 웃음을 터뜨렸다.

"늘 가지고 다녀요?"

"가끔요."

네이가 머쓱하게 웃으며 대답했다.

많이 웃고, 떠들고, 우리 집에서. 이사 후 처음으로 강렬하게 '우리 집'을 의식했다. 감사했던 것일 수도 있다. 그 길을 걸어 도착할 곳이 있다는 것에, 신발을 벗고, 둘러 앉아, 쉬고, 먹을 수 있다는 것에.

그날 오후의 느낌. 약간은 슬프면서도 완벽한 느낌.

그때는 그러한 느낌이 얼마나 쉬이 사라지는 것이며 되찾기 힘든 것인지 몰랐다.

　그 느낌을 견디기 힘들어 차라리 피하고 싶어지게 될 것이라는 것도 몰랐다. 너무 빛나고 너무 날카로워서, 아니 나비의 날개처럼 부서지기 쉬운 것이라서, 그 느낌에 휩싸이는 것만으로 나 또한 부서질 것 같아서였으리라.

　그다음 주에 언니가 다시 입원했다. 학교에서 돌아와 보니 그렇게 되어 있었다.

#23

언니가 몸을 일으켰다. 새벽 한 시였다. 병실은 열 시부터 불을 끈 채로 고요했다. 이 병실에서는 아무도 일일드라마를 보지 않았다. 대신 병실 앞 대기실로부터 들려오는 텔레비전 소리와 사람들의 목소리로 드라마의 향방을 짐작할 수 있었다. 출생의 비밀이 밝혀졌는지, 그 천하의 나쁜 놈이 거짓말을 또 했는지.

"화장실 가려고?"

나도 보호자 간이침대에서 일어났다. 세 시간째 핸드폰을 보고 있던 참이었다.

"잠깐 걷다 올래."

언니 목소리에도 잠이 묻어 있지 않았다.

링거를 링거대에 옮기고 언니의 걸음에 보조를 맞춰 걸었다.

낮에는 지독히 붐비던 일 층 대기실과 수납대는 고요하게 어둠에 잠겨 있었다. 우리처럼 잠들지 못한 할머니 환자와 피곤에 전 간병인 아주머니가 걸어왔다. 익숙한 냄새가 함께 지나갔다. 우리에게서도 저런 냄새가 날까? 병과 약의 냄새. 시간과 불면의 냄새.

"어린이 병동이 좋았어."

언니가 말했다.

"그곳에는 위태로움이 있거든. 절박함 같은 거. 어떤 당연함…… 당위성 같은 거. 살아야 하고, 살려야 하고, 살 거라고 어떻게든 믿는 거. 여기는 안 그래. 차라리, 어차피, 이런 단어가 자꾸 떠올라. 그 말이 사람들 위로 둥둥 떠다녀. 사람들 얼굴을 보지 않게 돼. 그 얼굴에도 그런 단어들이 새겨져 있을까 봐."

간병인의 얼굴에, 간호사와 의사의 얼굴에, 심지어 환자 본인의 얼굴에도.

코드 블루. 코드 블루. 본관 신장내과…….

낮게 방송이 흘러나왔다. 이젠 익숙해져서 예전처럼 불길하게 들리지 않았다.

우리는 현관까지 걸어갔다. 밖에는 비가 오고 있었다. 비 냄새였던가.

우리는 병원 로비의 실내 정원 벤치에 앉았다. 공룡 가죽 같은 나무 기둥과 축 늘어진 두꺼운 잎들이 다른 나라를 떠올리게 했다. 창밖이 검어서 안을 거울처럼 비추었다. 투명하게 어두웠다.

집 같다는 생각을 했다. 방문자들이 떠난 한밤, 남은 자들은 이 공간의 주인이 되었다. 주인 혹은 수인. 어떻게든 마음 붙여야 그나마 편해지는 장소.

"아까 그 사람 죽었을까?"

언니가 물었다. 우리 중 죽음에 대해 말할 수 있는 유일한 사람이 언니였다. 엄마는 언니가 죽음에 대해 말하는 걸 질색했다. 부정 타게 될까 두려운 것처럼. 하지만 누가 듣는단 말인가? 지켜 듣고 있는 사신이라도 있단 말인가? 만약 있다 해도, 그 사신은 지금 코드 블루 상태인 누군가의 곁에 가 있을 것이다.

"인간들은 왜 죽음을 막기 위해 안간힘을 쓸까? 수술하고, 약을 투여하고, 왜 그럴까? 죽음이 자연스러운 일이라면 꼭 그럴 필요 없잖아. 언제나 두 가지 목소리가 들려. 그럴 수도 있지와 그러면 안 되지. 모두가 두 가지 이야기를 해. 어쩔 수 없지와 끝까지 해 보자. 나도 둘로 갈라진 것 같아."

그런 이야기를 하면서도 언니는 이상하게 평화로웠다. 극적이면서도 평범했다. 각오와 포기는 어떻게 다를까. 무슨 일이 일어날지 마음의 준비를 하는 것과 될 대로 되라고 내버려 두는 것 중에 뭐가 더 나을까.

"나한텐 사생활이 없어."

언니가 말했다.

그때는 언니가 왜 그런 이야기를 하는지 잘 몰랐다. 그건 방어로서의 선제공격이었다.

"누우라면 눕고, 옷을 벗으라면 벗고, 몸무게와 키를 재라면 재고. 내가 무슨 처치를 받게 되고 무슨 약을 먹게 될지, 병실 사람들도 다 듣도록 크게 말하지."

병원 밖에서도 마찬가지였다. 언니는 친구를 만나러 갈 때면 어디서 누구를 만날 건지를 다 알려 두고 가야 했다. 언제 어디서든 문제가 생길 수 있으니까.

"너무 오래 이런 상태여서, 다른 무엇이 가능할지 상상 못 하겠어. 익숙해졌다고 해서 괜찮은 건 아닌데."

그런 말들을, 언니는 가볍게 했다. 아주 괜찮아 보였다. 문득 모가 말한 복권 얘기가 떠올랐다. 말하려다 말았다. 언니가 뽑은 복권의 결과는 이미 분명했으니까.

"어디 가고 싶다."

언니가 말했다.

"이번에 퇴원하면, 어디 가자. 가 보고 싶은 데 있어? 제주도?"

생각나는 대로 말했다. 내가 책임지고 데려갈 것도 아니면서. 언니가 제주도 얘길 했었다. 거기 살면서 요리하는 유튜버 영상을 보여 준 적도 있었다.

"여름엔 너무 습하대. 동해가 나을 것 같아. 강릉까지 KTX도 있잖아. 그래, 우리끼리 가면 어때? 엄마 아빠 말고, 너랑 나랑 형우만."

우리는 한 시간 넘게 그 자리에 앉아 이야기를 했다. 우리가 가장 선호하는 주제인 어디로 가는 길에 대해서. 사신이 들어도 상관없을, 체에도 걸러지지 않을 아주 작고 아무것도 아닌 말들을.

#24

나는 사흘 밤을 병원에서 자야 했다. 외할머니가 수술을 했고 이모는 발목을 접질렸다. 엄마는 외할머니 간병을 하러 갔다. 간병인은 낮에만 있을 수 있다고 했고 오빠는 감기에 걸려 지독하게 기침을 해 댔다. 언니는 아빠 말고 나를 택했다.

지켜볼 사람만 있으면 되는 상황이었다. 언니는 빈말로도, 괜찮으니 집에 가서 자라고 말하지 않았다. 오래된, 확실한 이해들. 하나마나 한 말은 하지 않는 게 낫고 비상사태는 언제든 벌어질 수 있다는 것.

방학이었지만 보충 수업이 있었다. 나는 병원에 갈 때 교복을 챙겨 갔다. 교복을 입고 아침의 병원을 나올 때면 한번도 집을 가져보지 않은 듯한 기분이 들었다. 아주 익숙한 기분이었다.

그런 것들을 모에게는 이야기하지 않았다.

말하지 않는 것이 버릇이 되어서였다.

문제에 대해서는 말하지 않는 게 낫다. 문제를 말하면 그 문제가 정말로 일어날 것이기 때문이다.

이미 일어난 문제여도 함구하는 게 낫다.

왜냐면, 눈에 보이게 될 테니까.

바깥에서 태풍이 불어온다 해도 문을 닫고, 창문을 등지고, 티비를 본다. 바깥의 소리에 신경을 곤두세우고도, 지금이라도 대피해야 하는 게 아닌가 의심하면서도 가만히, 앉아 있는 것. 그만큼의 대가를 치러야 한다 해도.

#25

대가는 온화한 분위기로 다가왔다. 제대로 반격을 준비할 수
도 없도록.

"너희 오빠 ○○대 다녀? 우리 언니가 너네 오빠 안다는데?"

평소엔 인사만 하는 애였다. 그 애 언니가 오빠와 같은 과 한
학번 선배라고 했다.

"언니도 있다면서?"

그 애가 말하자 주변에 있던 아이들이 한마디씩 했다.

"와, 오빠 언니 둘 다 있어? 좋겠다. 부러워."

"진짜 막내 안 같은데. 의외다."

나는 잠시 그 아이들과 얘기했다. 평범한 대화였다.

이미지를 쌓아 가는 대화, 나를 파악당하는 대화. 나쁜 느낌
은 아니었다. 정말로 답을 알기 위해서가 아니라 관계를 확장하
기 위한 불쏘시개 같은 대화. 내용보다 형식이 중요한 대화. 그
래서 편했다. 맞아, 이런 거였지, 오랜만의 느낌이었다.

"언니 좀 아프시다며. 입원하셨다고⋯⋯."

"응, 좀."

살짝 찔리는 느낌이 들었지만 곧 지나갔다. 예상만큼, 상상만
큼 기분이 달라지지 않았다. 그 순간의 거리감을 이해했기 때문
이었다. 이렇게 묻지만 크게 관심은 없다고, 친절하게 거리를 알
려 주는 것 같아서. 오빠는 이야기하는구나, 그 정도만 생각했다.

대화는 대학 축제에 왔던 연예인에 대한 이야기로 매끄럽게
이어졌다. 잡초가 무성한 들판에다 풀 밟은 자국을 낸 정도로.
온전히 길이 만들어진 건 아니지만 다음에 들판을 지날 땐 한결
편하게 갈 수 있도록.

모의 태도가 달라진 것은 그 직후였다. 원래 우리는 학교가
끝나면 당연한 듯 같이 다녔다. 카페든, 서점이든, 네이의 집이
든. 오늘은 더더욱 같이 움직일 만한 날이었다. 네이가 보여 줄
게 있다며 집으로 오라고 했으니까. 문자를 같이 확인한 게 아
침이었다. 그때만 해도 하루가 어떻게 지나갈지는 분명했다.

그런데 모가 망설이는 게 느껴졌다. 일 층 신발장 앞에서, 모가 머뭇거렸다.

"……몰랐다, 언니 아프신 거."

모는 엉뚱한 소리를 했다. 오후의 일정과는 전혀 상관없는, 보다 근본적인 이야기였다.

모의 입장에서는 굉장히 자존심을 접고 하는 말이었다. 얼마나 용기를 낸 것이었던가. 내게 대한 믿음을 보여 준 것이었던가. 모는 그 누구에게도 그렇게 서운함을 토로한 적이, 어리광을 부려 본 적이 없었던 것이다.

하지만 그때의 나는 모가 왜 그런 말을 하는지 짐작하지 못했다.

"어, 좀 그래."

지독하게 어색했다. 뭘 더 설명해야 하나? 얼마나 아프고 언제부터 아프고 어떻게 살고 있는지까지 이야기해야 하나?

우리는 잠시 그대로 서 있었다. 지금껏 의식도 하지 않고 자연스레 흘러가던 흐름이 끊겼다. 배경이 되었던 노래가 뚝 끊기고, 그 노래에 맞춰 무심코 흘러나오던 흥얼거림만 허공에 맴돌도록.

"바로 갈 거야? 네이네로?"

겨우 할 말을 찾아냈다.

"넌 어떻게 할 건데?"

모가 되물었다. 말문이 막혔다.

뭐지. 왜 딱 자르는 거 같지. 둘이 같이 가는 게 당연한 거 아니었나. 왜 억지로 맞춰야 하는 것처럼 말하지.

서문을 나와 서대문경찰서 건너편 정류장에서 파란 버스 752. 버스 안엔 빈자리가 듬성듬성 한 자리씩만 있었다. 평소라면 한 명이 앉고 그 앞에 설 것이다. 오늘은 따로 앉았다. 모는 맨 뒷자리에, 나는 그보다 두 칸 앞자리에.

기분이 바닥을 쳤다. 모는 어차피 집으로 가는 거고 내가 뒤따라가는 것 같았다. 불쾌한 기분. 내가 싫어하는 기분. 질척이고, 눈치 없는, 바로 막내 같은 그런 기분.

억울했다. 먼저 룰을 깬 것은 모였다. 우린 그런 거 묻지 않고도 잘 지냈다. 우리에겐 다른 중요한 것들이 있고, 그걸로도 충분했다. 그런데 이제 와서, 이렇게 평범한 질문 몇 개 때문에 다 망가지는 건가?

나는 이 상황이 전적으로 모의 잘못이라고 생각했다.

네이는 신이 나 있었다. 커다란 이삿짐 박스 두 개, 엄청 헐값

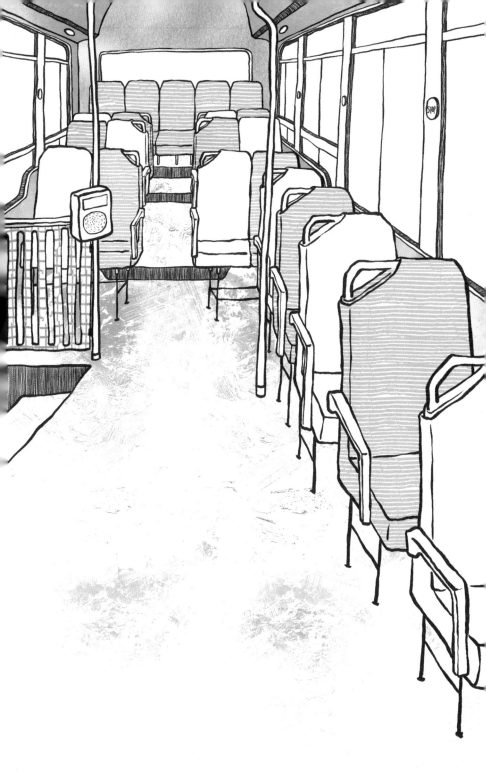

에 구했다면서 네이는 하나씩 물건을 꺼냈다. 유품 정리하는 데서 보내온 것이라고 했다.

"마음에 드는 게 있으면 가져가도 돼. 골라 봐. 아니면 내가 골라 줄까?"

네이가 우리에게 말했다.

"죽은 사람 옷을 어떻게 입어. 찜찜하게."

모가 말했다.

평범한 말이고 생각이었다.

그런데 그 말이 나를 찔렀다.

언니는 옷은 버리지도 팔지도 않았다. 너도 입을 수 있으니까, 하고 말했지. 나는 그 말을 모르는 척했다. 그 말 앞에 붙은 가정과 예측을 무시하고 싶었기 때문에.

내가 언니에 대해 자세히 말하지 않았으니 당연한 일이다. 그런데도.

"말 함부로 하지 좀 마."

돌이켜 생각하면 나는 그때 모에게, 지금까지 너는 함부로 말을 했다고 한 거나 같았다. 딱 그 순간의 그 일에 대해서 말한 게 아니라 지금까지 쌓아 둔 게 있다는 것처럼 말했다. 그게 잘못이었다. ……잘못이었을까? 이러니저러니 분석하는 건 의미가 없다. 풀려 들면 더 엉킬 뿐이다.

"내가 뭘?"

"그럼 사람이 죽으면 그 옷 다 태워 버려야 해? 이게 다 쓰레기처럼 보여?"

억지를 부렸다.

모가 포기하는 걸 봤다. 말하려다 마는 것을. 못 들은 척하는 것으로 상황을 넘기려는 걸. 해 봤자 소용없다는 듯이.

그게 더 나를 화나게 했다.

"왜, 할 말 있으면 해."

"……없어."

모는 눈을 내리깔고 말했다.

"와, 이것 봐. 색깔 진짜 곱다 그치? 어, 우리 내려가서 뭐라도 좀 먹고 올까?"

네이가 분위기를 풀려 애썼지만 소용없었다. 네이의 집이 견딜 수 없이 답답하게 느껴졌다. 팝업 책이 닫히고 있었다. 이건 얇은 종이일 뿐이야. 눈속임일 뿐이야. 닫으면 납작하게 접혀 아무 공간도 남지 않게 될 거야.

"이거, 그 의자랑 어울릴 것 같아. 가져갈래?"

네이가 옷더미에서 하얀 뜨개 방석을 집어 내밀었다. 받아들지 못했다. 모가 한 말 때문이었다. 죽은 사람의 물건. 언니의 의자에 두면 안 될 것 같은 물건. 모가 그런 말을 입 밖에 내지 않았으면 별 생각 없이 받았을 것이다.

분명한 책임 전가다. 하지만 그 순간에는 다 모 때문이라고 생각했다.

"나 먼저 갈게."

모가 말했다.

내가 했어야 할 말을 그 애가 했기 때문에, 나는 분노했다. 그래서 아무렇지 않게 말했다. 평범하게, 거의 웃으며.

"내가 갈게. 어차피 여긴 너희 동네잖아."

모는 그 와중에도 수첩을 펴 놓고 있었다. 다 적었겠지. 죽음이 서린 옷들 어쩌구, 화를 내는 걔 저쩌구.

#26

이제는 설명할 단어를 알고 있다.

비상사태. 언제 무슨 일이 벌어질지 모르니까 긴장하고 있어야 한다. 어떤 변화에라도 대응할 수 있도록. 바로 옷을 챙겨 입고 나갈 수 있도록.

그러니 너무 기뻐하지도 말고 슬퍼하지도 말도록. 작은 일에 마음이 움직였다간, 정말 큰일이 벌어졌을 땐 감당하지 못하게 될 테니까. 어디에도 너무 많은 에너지를 쓰지 말고 무엇에도 마음을 깊이 주지 말 것. 물건이든 사람이든, 어느 순간엔 모두 버리고 달려가야 할지도 모르니까. 괜히 마음을 주었다간 다 버려야 할 때 너무 슬플 테니까.

마음을 잘 다져 놓을 것. 딱딱하게, 정말로 슬픈 일이 생겼을 때 깨져 버리지 않도록. 무너지지 않도록.

속마음 같은 건 아예 없는 게 낫다.

언제나 각오하고 있을 것. 세상이 뒤집어지고 모든 틀이 흔들려 버릴 때가, 곧 올 거니까.

이런 마음이, 준비자세가 기본이라고. 나는 언제든 돌아설 수 있고 내려놓을 수 있다고.

내가 무감각해 보인다면, 냉정해 보인다면, 무심해 보인다면…… 열정이 없어 보인다면.

그건 그런 이유라고.

#27

모는 원래대로, 자기 자신으로 돌아갔다. 거의 자기 자리에서 일어나지 않고 수첩과 펜에서 손을 떼지 않는 조용한 아이로.

나는, 그냥 있었다. 오빠 지인의 동생이라는 아이가 자주 말을 걸었고 그 아이 무리들과 어울렸다.

평소보다 더 빨리 일어났다. 다섯 시만 되어도 눈이 떠졌다. 언니를 방해하지 않기 위해 문제집을 들고 거실로 나왔다. 소파에 앉아, 이른 아침빛을 조명 삼아 문제를 풀고 있으면 아빠가 나왔다. 아빠는 네이의 의자에 앉아 신문을 읽었다.

보충수업이 끝나면 편의점 빵과 우유를 사 먹고 자습실에 남았다. 에어컨 켜진 자습실에서 몇 시간을 보내다 나오면 더위조차 반갑게 느껴졌다.

길을 찾는 것도 멈추었다. 어차피 너무 더웠다.

—요즘 바빠? 주말에 마켓 같이 가 볼래?

네이에게서 문자를 받으면 심란해졌다. 네이는 모에게도 연락을 했을까? 예전처럼 나와 모가 함께 그 메시지를 봤으리라고 생각할까? 내가 혼자 나타나면 이상하게 생각할까? 그것도 싫었다. 싸웠어? 그런 질문을 받게 될까 봐.

결국 답을 보내지 못했다.

네이마저 멀어진다. 한때 가졌다고 느꼈던 것들이 손가락 틈으로 무력하게 빠져나간다. 가졌던, 것들. 이건 모의 단어이다. 내게 스며든 단어들은 우리가 함께 보낸 시간을 말해 주는 척도였다.

모가 편했다. 스스로를 조이고 있는 아이라서. 가시를 잔뜩 세우고 있는 아이라서.

모는 내 속을 파헤치려 하지 않고, 내게 과하게 요구하지 않을 것이기 때문. 동시에 나도 모에게 요구하지 않아도 되니까. 서로가 서로에게 마음을 열고 나누고 하는, 그런 촉촉한 관계가 아니어도 되어서.

하지만 관계라는 게, 그런 게 아니어서. 언젠가부터 부드러워지고 습기가 스며들었다. 마른 씨앗이 싹을 틔웠다. 나는 보살필 줄 모르는데. 물 안 줘도 되는 가짜 식물을 스티로폼에 꽂아 놓는 게 편한데. 진짜는…… 어떻게 대해야 하나.

아니, 이건 공동의 일이다. 나도 모에게 기댔다. 말하지 않아도 알아주길 바랐던 것이다. 바랐다는 것은 숨겼다, 말하지 않은 건 나니까, 기대도 해서는 안 되는 거니까. 그래 놓고 모에게 모든 책임을 전가했다.

지하철을 기다리는데 스크린도어에 붙은 시 한 구절이 눈에 들어왔다.

'뻔하고 뻔뻔한.'

문장이 되다만 구절을 읽고 또 읽었다.

나는 뻔해서 뻔뻔해진 걸까, 아니면 뻔뻔한 인간이어서 뻔해져 버린 걸까.

모는 이제 나를 싫어하게 되었을까. 내가 너무 뻔하고 뻔뻔한 인간이어서.

지하철이 도착했다. 문이 열렸다. 사람들이 내렸다. 문이 닫

헸다.

　반대 방향 플랫폼에 지하철이 곧 도착한다는 알림이 울렸다. 나는 몸을 돌렸다.

　지하철이 도착했다. 문이 열렸다. 사람들이 내렸다. 나는 지하철을 탔다.

　핸드폰도 보지 않고 노선도 확인하지 않고 앉아 있었다. 광화문과 종로를 지나, 을지로와 동대문을 지나, 들어본 적 없는 역 이름들이 창문으로 보일 때까지.

　이렇게 해도 길을 잃어버리지 않는다. 지하철로 갔으면 지하철로 돌아올 수 있다. 나는 길 밖으론 나가지 않을 테니까.

　그리고 나는 결국은 집으로 돌아갈 것이다.

#28

"좀 안으로 가 봐."

오빠는 보조 의자를 침대 쪽으로 밀더니 커튼을 둘러쳤다. 밤에 엄마가 오기 전까지 내가 있기로 했다. 오빠가 온다는 소리는 없었다.

오빠가 가방에서 초록 유리병과 종이컵을 꺼냈다.

"미쳤어?"

"쉿!"

오빠가 손가락을 입술에 댔다.

언니는 손뼉을 치며 크게 웃었다. 옆 침대의 간병인이 뭐 좋은 일 있냐며 커튼 안을 들여다보았다. 오빠는 병을 재빨리 가방 안에 넣었다.

언니는 웃음기가 남은 목소리로 속삭였다.

"와, 마침 절실하던 참이었어. 안주는?"

나는 몇 가지 이유로 충격을 받았다. 오빠는 그렇다 치고 언니가 술을 마신다. 게다가 이번이 처음이 아니다.

오빠는 가방에서 한 가지 더 꺼냈다. 둥근 플라스틱 용기에는 새빨간, 보기만 해도 입안에 침이 도는, 언니는 절대 먹어서는 안 될 떡볶이가 담겨 있었다.

"많이 안 먹을 거야."

언니가 나를 안심시키듯 말했다.

그 말처럼 언니는 떡볶이에는 거의 손을 대지 않았다. 소주도 마찬가지였다. 입술을 축이는 정도였다.

오빠와 언니는 술의 종류와 바뀐 패키지 디자인과 도수에 대해 말했다. 나는 묵묵히 떡볶이를 먹고 쿨피스를 마셨다.

나로서는 절대 할 수 없는 방식으로 오빠가 언니를 위로하고 있었다. 질투와 안도감. 나는 여전히 모르는 것이 많았다.

우리는 방해받지 않기 위해 목소리를 낮췄다. 언니는 요즘 보고 있다는 미드 얘기를 꺼냈다.

"미드는 안 보는 거 아니었어?"

"아, 재밌는 게 있더라고."

언니는 즐거워 보였다.

되게 밝은 내용의 드라마였다. 섬네일만 봐도 밝은 기운이 솟아나는, 언니가 싫어하던 종류의 드라마. 거슬렸다. 위화감이 느껴졌다.

밝고 긍정적으로 가면 '좋은' 변화이고 그 반대는 그렇지 않은 것일까? 이렇게 단순한 법칙에조차 의문이 든다면 내가 꼬인 걸까?

언니는 줄거리를 이야기한 끝에 말했다.

"내 생각을 했어. 이게 한 권의 책이라면, 한 편의 영화나 다큐라면 모두들 궁금해하지 않겠어? 저 인물은 죽을까, 아닐까. 근데 그렇게 생각하다 보니 웃기는 거야. 내가 뭐라고. 내가 뭐, 주인공이긴 했냐고."

"우리가 보기엔 그랬어."

오빠의 목소리는 평소보다 흔들렸다. 열다섯 살 때쯤, 자기 목소리를 스스로 제어하지 못했을 때처럼. 언니도 나도 오빠가 마음 상해 하고 있다는 걸 눈치챘다.

"누나는 늘 주인공이었어. 우리는 아니고."

나는 '우리'라는 카테고리 안에 오빠와 내가 묶이는 것이 불편했다. 원래 오빠와 언니가 한 묶음이지 않았나? 나는 어쩌다 생긴 덤이고.

하지만 오빠의 말을 이해했다. '우리'는 언니의 상황에 따라 스케줄이 정해진다. 우리 집에서 가장 우선시 되는 것은 언니의 일이다. 엄마 아빠의 일 순위는 언니이다.

그렇다고 서운한 것도 아니다. 원래부터 이랬으니까, 이게 당연한 거니까.

하지만 언니의 입으로 그런 말을 직접 들으면 기분이 이상한 거다.

언니는 그랬나, 하고 말하더니 소주가 담긴 종이잔을 입에 댔다. 그러더니 요즘 듣는 노래라며 밴드 영상을 같이 보자고 말했다. 처음 들어보는 밴드였다. 언니가 평소 듣던 것과는 전혀 다른 풍의 노래이고 이미지였다.

"누나 요즘……."

오빠는 말하다 입을 다물었다.

나는 오빠가 하려다 만 말이 궁금하지 않았다. 이렇게 서로를 마주 보는 것 같은 상황은 싫었다. 그냥, 어깨를 나란히 하고 시선은 앞으로 하고 말을 하는 게 낫다. 그럼 같은 자리에서 같은 방향을 보고 있으니 생각도 같을 것이라고 맘 편히 생각할 수 있으니까.

갈등이 더 커지지 않고 이렇게 진화된 것만으로 안심했다. 불씨가 꺼진 게 아니라 그저 두꺼운 담요에 덮인 것뿐일 텐데. 언제든 공기가 통하게 되면 확 불이 일어날 텐데.

#29

그 동네에 가서 모를 불러내 볼까 했었다. 아무렇지 않은 것처럼, 네이에게 가자고 말해 보려 했다. 하지만 나는 역이 하나하나 지나가는 걸 힘겹게 지켜보다가 그전에 내렸다.

라탄 의자를 구했던 그 동네였다. 모와 네이를 만났던 출구로 나가 자동차를 타고 갔던 길을 걸었다. 기억했던 것보다 멀었다.

그사이에 집들은 대부분 부서져 돌과 먼지와 철근이 되었다. 살구색 천이 무너진 동네를 가리고 있었다.

건물들이 사라지면 길도 사라진다. 남은 것은 공터. 면. 여기서 저기까지 더 쉽게 닿는다. 하지만 막혀 있지 않고 돌아가지 않게 만든 면은 밋밋하고 평평하여 아무것도 가릴 수가 없고 아무도 숨을 수 없다.

트럭과 불도저가 지독한 먼지를 피워 내며 입구를 오갔다. 나는 뒤로 물러섰다. 다시 돌아서 역으로 가는 길이 아득하게 느껴졌다.

지도를 본다 한들, 길을 알아낸다 한들, 거기엔 실제가 없다. 압축되고 생략된 지도에는 정말로 중요한 것들은 나오지 않는다. 비뚤어진 벽과 튀어나온 보도블록과 그 틈의 풀들과 붉게 지워져 버린 간판과 창문과 쓰레기봉투와 담배꽁초와 얼룩진 전봇대도, 삶의 흔적과 버려진 것들도.

길 위에 멈춘 나 자신도.

루트22.

은평터널로 - 수색로 - 6호선 디지털미디어시티역 5번 출구……

#30

날은 뜨겁고 습했다. 교실의 에어컨은 습기를 몰아내기에는 역부족이었다. 수업 중간에 담임이 나를 불러냈다. 복도로 나가자 담임은 엄마에게서 학교로 연락이 왔다고, 급한 일이니 전화해 달라고 했다고 말했다.

아직 젊은 이십 대의 교사. 우리 집 사정을 다 알고 있는 담임이 유달리 어쩔 줄 몰라 하고 있었다. 누굴 시켜서 날 불러도 될 것을 직접 삼 층 교실까지 올라왔다. 거기서 내가 유추할 수 있는 게 무엇이었겠는가.

언니구나. 언니에게 무슨 일이 생겼구나.

꺼 두었던 핸드폰 전원을 켜는 몇 초 동안 나는 닳아빠진 종이 귀퉁이를 펴듯 비상사태의 매뉴얼을 되짚었다. 조퇴를 해야 한다. 가방을 챙겨야겠지. 오빠는 벌써 병원에 갔을까?

엄마는 바로 전화를 받았다.

"언니한테서 연락 받은 거 없니?"

담임은 내 얼굴을 살피고 있었다. 나는 입가를 가리며 몸을 돌렸다.

"무슨 일이에요?"

엄마는 말이 없었다. 짐작할 수 있었다. 나에게 말해도 될지 말지를 가늠하는 거다. 우리 집 막내. 고등학생. 얘한테까지 말할 게 뭐 있나. 얘가 무슨 도움이 될까. 얘도 지금 공부에 집중해야 하는데 신경만 쓰이지…….

"엄마."

"언니가 없어졌어."

말끝이 떨렸다.

엄마가 점심때 병원에 갔을 땐 차갑게 식은 아침 식판만 침대 귀퉁이에 놓여 있었다고 했다. 같은 병실 환자들과 보호자들은 언니가 언제쯤 나갔는지 기억하지 못했다.

"지갑이랑 운동화도 없어졌어. 옷은 그대로인데……."

핸드폰은 꺼져 있고, 집에도 오지 않았다.

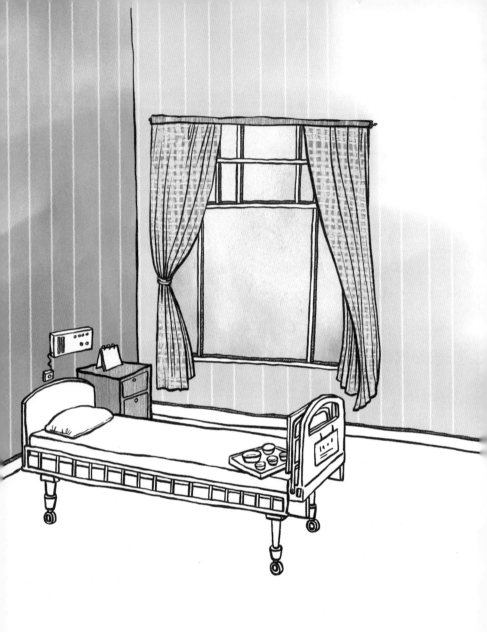

"어디 산책이라도 하러 갔나 보지. 엄마, 아직 두 시밖에 안
됐어."

"어디 갈 거면 말하고 갔을 애야. 한 번도 이런 적 없었어!"

엄마는 울고 있었다.

언니는 기나긴 여름해가 지도록 돌아오지 않았다. 우리는 익
숙한 병원 휴게실에 앉아 무언가를 기다렸다. 언니를, 소식을,
정보를. 여기서 언니를 기다려 본 적은 셀 수도 없이 많았다. 언
니의 수술과 시술과 처치가 끝나길, 언니가 잠에서 깨길. 언니가
어디서 무엇을 하는지 모르고 기다리는 것은 처음이었다.

몇 안 되는 언니의 친구들에게 전화를 다 해 본 후 엄마와 아
빠는 할아버지에게 연락을 할 것인가를 두고 다퉜다.

"괜히 걱정만 끼치지. 거기 갔을 리가 없잖아."

아빠가 말했다. 그 말이 엄마를 찔렀다.

"왜, 우리더러 또 뭐라고 하실까 봐? 애 하나 못 돌본다고 뭐
라고 할까 봐?"

엄마가 파르르 떨며 목소리를 높였다. 휴게실 텔레비전으로
예능을 보던 사람들이 이쪽을 힐끔거렸다.

"아버님한테 전화 안 할 거면, 신고해. 실종 신고라도 하라고!"

오빠가 휴게실을 나갔다. 나는 따라 나갈 타이밍을 놓쳤다.

오빠는 곧 돌아왔다. 손에 종이를 한 장 들고 있었다. 노트를 뜯어 두 번 접은 종이였다.

"침대 밑에 떨어져 있었어요."

오빠가 말했다.

—잠깐 쉬었다 올게요. 걱정 마세요.

그 쪽지는 걱정은 줄였을지 몰라도 상황을 종료시키지 못했다. 도리어 부채질을 했다.

"쉰다니? 어디서? 앤 도대체 무슨 생각인 거야!"

엄마는 울부짖다시피 했다.

"걔가 부족한 게 뭐 있어! 자기밖에 생각 못 하는 거야?"

언니의 안위에 대한 걱정이 한풀 꺾이자 속마음이 고스란히 드러났다.

나로서는 듣지 않는 게 좋았을 말들이었다. 서로 받아들이고 이해하고 있다고 짐작했던 전제를 뒤집는 상처들이 마구 튀어나왔다. 엄마 아빠의 나약함. 아니, 한계. 당연한 줄 알았던 것이 당연한 게 아니었다. 머리로는 생각했고 알고 있었지만 믿지는 않았던.

"자기 때문에 다들 참고 사는 걸 왜 몰라! 우리는 뭐 좋아서 여기 있는 거야? 왜 그렇게 이기적이야!"

좋아서 있지 않는 것은 언니도 마찬가지이며 스스로를 참고 살아야 하는 것은 언니에게도 해당되는 일인데도 엄마는 그렇게 말했다.

엄마가 억지를 부린다는 걸 알아도 지적할 수 없었다. 왜냐면, 마찬가지이니까. 우리는 똑같이 생각하고 있었으니까.

오빠와 나는 집으로 보내졌다. 엄마와 아빠는 병원에 있겠다고 했다.

우리는 택시를 탔다. 밤은 지나치게 많은 불빛들 때문에 어둡지도 않았다.

나는 언니의 책상에서 단서나 흔적을 찾아보려 했다. 하지만 언니 책상은 너무나 깨끗하게 비워져 있어서 아무런 정보도 주지 않았다.

오빠가 방 문간에 섰다. 나처럼 뭐라도 찾아보려는 줄 알았다. 오빠가 대뜸 말했다.

"걔 연락처 알려 줘, 빨리."

"누구?"

"그 이상한 자식 있잖아!"

오빠는 숨을 들이마시곤 뚝뚝 끊어지는 소리로 말했다. 그때 그, 의자 갖다 준, 너 아는, 옷 이상하게 입고 다니는, 그 이상한 애, 걔가, 누나를 데리고 갔을 거라고.

오빠가 네이를 묘사하는 단어들에 화가 나기에 앞서 멍했다. 지금 이 상황에서 왜 네이가 언급되는지 알 수 없어서.

네이를, 왜? 네이가 왜?

"네이가 언니랑 무슨 상관인데?"

대답을 듣기 전에 똑-딱, 뭔가 맞춰졌다.

"병원에 왔었어."

오빠가 내뱉듯 말했다. 네이가 언니를 찾아온 적 있다고, 자기와도 인사했다고 말했다.

"왜 나한테 말 안 했어?"

"누나가 말하지 말랬어. 아니, 너한테 말하지 말라고 한 게 아니라, 누구에게도……. 그냥 못 본 걸로 해 달라고. 아, 진짜! 일을 왜 이렇게 만든 거야!"

몰랐었다. 어린애가 되어 버린 느낌. 조연으로 전락한, 방관자로 밀려내진 느낌. 나는 길 위의 행인이고 집안의 일은 알 수 없고. '내' 집인데, '내' 가족인데. '내'…… 친구인데.

"그래도, 언니가, 그렇게 써 놓고 갔으니까 기다리면……."

"그거 누나가 쓴 거 아니야. 내가 쓴 거야."

오빠는 비참한 표정을 하고 있었다.

울컥. 얼굴에 열이 올랐다.

"그럼 언니한테 정말 무슨 일이 생긴 건지도 모르잖아! 네이하고 상관없는 거고!"

오빠는 언니 책상 앞 의자를 끌어다 털썩 주저앉았다.

더 있다. 나는 모르는 일. 오빠의 추측을 뒷받침할 정보와 그 정보의 출처가.

"누나가 내 핸드폰에 자기 메일 로그인해 놨었어. 그때, 그 중고 카페에 글 올리는 거 때문에. 나는 그쪽 메일 안 써서 로그인 되어 있는 줄도 몰랐는데…… 계속 그렇게 되어 있었어."

"그래서 본 거야? 언니 메일을? 말도 안 돼, 로그아웃 했어야지!"

나는 오빠를 비난했다. 내용은 다르지만 거의, 엄마가 아빠에게 했던 말들처럼 쏘아붙였다.

오빠는 꼼짝도 안 하고 있다가 말했다.

"누나가 죽으면, 그때 보려고 했어. 간직하고 싶었어."

그건 서로 말하지 않아도 예상하고 있던 미래였다. 남겨진 것들에 대한 소유권은 누구에게 있나. 오빠가 미리 침범했다고 해서 내가 비난할 수 있단 말인가. 가장 오빠를 비난할 사람은 바로 오빠 자신일 텐데. 이런 것조차 나는 이해하는 것이다. 이해하려 들면 끝이 없다. 그렇기 때문에 끊으려, 막으려, 더 큰 소리를 내는 것이다.

"아까 누나 없어졌다고 해서 열어 본 거야. 가장 최근 것만 봤어. 여행 가고 싶다고, 그런 내용이었어."

오빠는 핸드폰을 건넸다. 언니가 누군가에게 쓴 메일이었다. 다정한 말투의 인사만 읽고 나는 핸드폰을 뒤집었다.

"읽기 싫어. 결론만 말해. 그래서 언니가 어디 간 거라고 생각하는데."

"속초."

오빠가 대답했다.

나는 아직 언니가 메일을 보낸 상대가, 그래서 같이 떠난 상대가 네이라고 믿지 않았다. 하지만 네이의 핸드폰이 꺼져 있었다. 문자도 남기고 디엠도 보냈지만 답이 없었다. 카톡의 1도 사라지지 않았다. 외국 갔을 때에도 칼같이 답을 하던 네이였다.

내가 무엇을 할 수 있을까.

나는 모에게 전화를 걸었다.

모에게 전화를 하는 건 처음이었다. 언제나 문자만 보냈다.

모는 빨리 전화를 받았다. 나는 모에게 이야기했다. 두서없이, 일어난 일들과 짐작 가는 것들을 말했다.

전화를 끊고 거실로 나갔다. 오빠는 속초로 가는 고속버스 표를 예매하고 있었다. 우리는 당연하게도 엄마와 아빠에게는 말하지 않았다.

"한 장 더 해 줘. 내 친구도 같이 간대."

오빠는 묵묵히 다시 표를 끊었다.

#31

비현실적이었다. 밝은 옷차림의 사람들. 어디선가 풍겨 오는 감자튀김 냄새. 빈자리 없이 꽉 찬, 토요일의 속초행 고속버스.

"어디부터 가 볼 거야?"

모가 물었다. 모는 핸드폰에서 속초 정보를 찾고 있었다. 오빠는 뒤쪽에 따로 앉았다. 나는 모가 불러주는 명칭들을 들었다. 청초호, 영랑호, 대포항, 설악산⋯⋯. 들어도 아무 이미지가 떠오르지 않았다. 어느 곳도 언니와 연결시킬 수 없었다.

"미안. ⋯⋯고맙고."

모에게 말했다.

"뭐가."

모가 가볍게 대꾸했다.

무엇이 미안한지는 까마득했다.

모는 수첩을 펴 들고 있지 않았다. 그게 고마웠다.

—누나가 죽으면, 그때 보려고 했어.

오빠의 말이 맴돌았다. 우리는, 얼마나 비슷한가. 우리는 짐작하고 있다. 준비하고 있다. 받아들이고 있다. 몰래, 은밀하게. 그리고 부끄러워하고 있다.

"아무 얘기나 해 줘. 긴 얘기로."

모에게 부탁했다. 생각을 안 하고 싶었다.

모는 처음엔 신중하게, 나중엔 들떠서 이야기를 들려주었다.

"이게, 약간 대체역사 같은 건데, 평행 우주 같기도 하고. 1980년대 영국이 배경이야. 거기선 문학이 제일 최고의 가치를 가져서 뉴스에도 매일 문학 소식이 나오고 그래. 흡혈귀도 존재하고 희한한 발명품들도 있고, 판타지처럼."

주인공은 문학 관련 범죄를 다루는 경찰이었다. 악당도 나오는데, 그 악당은 『제인 에어』 초판본으로 들어가 제인 에어를 납치한다.

"그런데 제인 에어가 일인칭 시점의 소설이란 말이야. 제인 에어가 소설 밖으로 납치를 당하고 나니 갑자기 소설이 지워지는 거야. 전 세계 제인 에어 소설이 다 백지가 되는 거지. 진짜 재밌지?"

모는 주인공이 제인 에어를 구출하기 위해 벌이는 모험에 대해 이야기했지만 나는 제대로 듣지 못했다. 방금 모가 말한 것을 곱씹느라.

일인칭 소설에서, 이야기를 이끄는 주인공이 사라져 버리자 모든 게 사라졌다는 것. 자기가 주인공이긴 하느냐고 묻던 언니.

주인공인 언니를 찾아내 이야기 속으로 되돌리기 위해 조연인 오빠와 내가 가고 있는 것일까. 언니가 사라지면 우리도 사라지는 거라서.

이상하게도 마음이 차분해졌다. 먼지처럼 떠돌던 것들이 가라앉았다. 막연하던 것들이 뚜렷해졌다

"……괜찮아?"

모가 내게 묻고 있었다. 고개를 끄덕이자 모는 내 얼굴을 살폈다.

"그래서, 결국은 찾는 거지?"

내가 물었다.

"어. 근데, 결말이 바뀌어. 그게 진짜 재밌는 부분인데……

『제인 에어』읽어 봤어? 그게, 마지막에 집에 불이 나는 바람에 남자 주인공 로체스터가 눈이 멀고, 나중에 제인 에어랑 잘되잖아. 근데 이 세계에선 원래 결말이 그게 아니었던 거야. 불도 안 나고 두 사람이 헤어지는 밋밋한 결말이어서 팬들이 불만이 많았는데, 주인공이 제인 에어를 구하러 책 속에 들어갔다가 악당이랑 싸우면서 집에 불을 낸 거야. 그래서 우리가 아는 이 결말이 된 거지! 이해 돼? 좀 복잡하긴 하네."

모가 머쓱하게 말했다.

"그러니까, 이야기와 상관없이 외부인이었던 주인공이 이야기에 개입해서 결말을 바꿔 버린 거야. 근데 그게 더 좋았던 거고."

어이없게 눈시울이 뜨거워져서 자는 척 눈을 감아야만 했다. 언니는, 말없이 떠난 언니는 자기에게 주어진 줄거리와 예정된 결말에서 도망치려 했던 걸까. 그렇게 떠난다고 바뀔 수나 있는 이야기던가.

그리고 다시금 인정했다. 조연이라는 것에 안심하는, 주연이 될 만한 불행이 나를 피해 간 것에 몰래 안도하고 있는 스스로를.

#32

속초해수욕장에서 깨달았다. 언니와 마주치는 소설 같은 우연은 없을 것이다. 이야기에 개입하고 싶다고 해서 다 되는 게 아니었다. 사람이 너무 많았다. 바람이 세고, 파도가 울부짖었다.

아빠에게서 문자가 왔다. 잘 잤느냐고, 아직 언니는 오지 않았고 엄마 아빠는 병원에서 기다릴 거라고. 연락 온 거 없냐고. 엄마는…… 이제 괜찮다고.

우리는 해수욕장 이 끝에서 저 끝까지 두 번을 걸었다. 한 걸음마다 좌절이 쌓였다. 여기까지 와서 이러고 있는 게 멍청하기 그지없는 일 같았다.

오빠는 하나도 배고프지 않은 얼굴로 점심을 먹자고 했다. 해수욕장 앞 매점에서 우동과 김밥을 시켰다. 김밥의 김은 질겼고 해초 맛이 났다.

핸드폰을 보던 모가 젓가락을 떨어뜨렸다.

"네이가 카톡 읽었어! 방금!"

나는 바로 전화를 걸었다. 신호가 갔다. 하지만 네이는 받지 않았다. 문자를 보냈다.

―언니랑 있어? 어디야? 우리 속초야. 나랑 모랑, 우리 오빠.

답이 오길 초조하게 기다렸다. 일 분, 이 분, 삼 분……. 에어컨이 너무 셌다. 우동 국물은 이미 차갑게 식었다.

문자 대신, 전화가 왔다. 네이였다. 나는 통화 버튼을 누르자마자 말했다.

"어디야? 언니는 괜찮아?"

"은우는 괜찮아. 잘 있어. 금방 돌아갈게."

네이의 목소리는 부드러웠다.

"언니는 지금 뭐 해?"

"잠깐 화장실 갔어."

눈물이 쏟아졌다. 이유는 몰랐다. 안도감, 혹은 배신감.

"울지 마……."

네이가 한 말이었나, 내 옆에서 어깨를 감싸고 있던 모가 한 말이었나.

오빠가 내 전화기를 받아들었다.

"지금 환자 데리고 뭐 하는 거예요? 어디예요! 누나 바꿔 줘요!"

오빠는 화를 냈다. 곧 오빠가 전화기를 내려놨다. 네이는 장소를 알려 주지 않고서 전화를 끊었다.

"노랫소리가 들렸어. 너도 알지, 요즘 누나가 듣던 밴드."

오빠가 말했다. 네이와 통화할 때 배경으로 울리던 시끄러운 소리가 노래였던가.

"노래 틀어 놓은 느낌이 아니었어. 라이브 같았어. 공연장 같은 데 간 거 아냐?"

모가 손을 들어 유리창에 붙은 종이를 가리켰다.

"여기 뭘 하긴 하는데, 그 밴드가 누군데?"

뮤직페스티벌의 광고였다. 출연진에 그 밴드가 있었다. 날짜는 오늘. 장소는 청초호 쪽이었다.

작고 오래된 조선소에서 열리는 뮤직 페스티벌이었다. 택시에서 내리자 바로 음악 소리가 들렸다. 좁은 골목에 사람들이

모여 있었다.

골목 끝은 낮은 철문으로 막혀 있고 철문 옆 창고 같은 건물이 입구였다. 건물 안은 그늘이 져 어둑했고, 반대편 열린 문밖은 눈부시게 환했다. 문 앞이 바로 무대 뒤였다. 그 너머로 관객들이 서서, 앉아서, 걸어 다니며 공연을 보고 있었다.

"사람을 찾으러 왔는데요. 잠깐 들어가 봐도 될까요?"

오빠가 입구에 선 스태프에게 말했다. 앞머리를 가지런히 자른 키가 작은 여자였다. 페스티벌 명칭이 적힌 티셔츠를 입고 있었다.

"지금 팀 공연 끝나고 쉬는 시간에 방송해 드릴까요? 찾으시는 분 성함이?"

오빠가 나를 돌아보았다. 언니 이름 세 글자, 그게 입 밖으로 안 나왔다. 그런 식으론 하고 싶지 않았다.

"저깄다!"

모가 손을 뻗었다. 스태프도 함께 고개를 돌렸다.

먼저 보인 건 네이였다. 언제나와 같은 네이. 헐렁한 베이지색 칠부 바지에 초록색 나염 반팔 셔츠에 주황 벙거지 모자. 손에 연두색 플라스틱 컵 두 개를 들고 걸어간다.

거기, 언니가 있었다. 그늘막 아래. 언니는 처음 보는 옷을 입

고 있었다. 빨강 바탕에 하얀 무늬, 빈티지풍 반팔 원피스였다.

　네이가 언니에게 투명한 컵을 건넸다. 언니는 웃었다. 언니가 저랬었나. 언니의 얼굴. 차양이 넓은 밀짚모자 아래 풀어 늘어뜨린 머리카락. 반팔 아래로 뻗어 나온 팔과 손가락. 다 낯설었다.

　네모나게 열린 문밖의 풍경이 영상의 화면처럼 느껴졌다. 그 안에서 언니는 분명히 주인공이었다.

우리와는 상관없는, 우리를 탈출한, 연결고리를 끊은, 별개의 인간.

전혀 다른 장르의 드라마.

나는 영상을 보듯 언니가 속한 풍경을 보았다.

언니의 뒤로 펼쳐진 바다인지 호수인지 모를 넓은 물과 그 건너의 건물들.

무대의 뒷모습. 전선들. 간이 계단에 깔린 검은 천과 발자국들. 큰 돌이 불규칙하게 깔린 바닥. 노랫소리, 기타와 드럼 소리. 어디선가 풍겨 오는 맛있는 냄새와 탄내.

이곳의 햇살은 더 투명한 것처럼 느껴졌다. 바람이 불었다. 끈적거리지 않는, 불쾌하지 않은 바람이.

오빠의 팔을 끌었다.

"그냥, 두자, 우리."

"뭐?"

"어딨는지 알았으면 된 거 아니야? 언니도 성인이고, 네이도 그렇고……."

"야, 성인이란 게 나이만 먹으면 되는 건 줄 알아? 자기 앞길, 현재와 과거를 책임질 수 있어야 성인인 거지."

오빠는 고개를 홱 돌렸다.

하지만 누가 그럴 수 있을까. 엄마 아빠는 그러고 있나. 당장 할아버지의 도움이 끊기면 모든 게 흔들릴 텐데. 얹혀살고, 빚지고 눈치 보며 사는데.

그 밴드의 공연이 끝났다. 오빠는 스태프의 허락을 얻고 안쪽으로 들어갔다. 모와 나는 그 자리에 있었다.

나는 고개를 숙였다. 보고 싶지 않았다. 언니가 온전히 잠겨 있던 장면이 깨지는 순간을. 잃고자 했던 길로 끌려 들어오는 순간의 언니 표정을.

"혼자 나오는데."

모가 말했다. 오빠는 혼자 걸어 나왔다. 언니와 네이는 앉은 채로 이쪽을 보고 있었다. 네이가 반쯤 손을 올리다 내렸다. 둘 다 얼굴이 모자 그늘에 가려져 표정을 읽을 수 없었다.

"이번 팀만 보고 나온대."

오빠는 말하고 앞서 건물을 벗어났다.

건물 밖 골목에서도 음악과 환호성은 잘 들렸다. 페인트 칠이 벗겨진 담, 지붕까지 덮은 담쟁이덩굴. 빠르게 흘러가는 구름과 드러나고 가려지고를 반복하는 햇빛, 골목 바닥에 어지럽게 흩어진 밝고 흐린 그림자. 모든 게 춤춘다. 음악은 이런 순간에조차도 모든 걸 가볍게 들어올렸다.

이상하게도 그때, 언니를 기다리는 그 애매한 순간에, 나는 자유롭다고 느꼈다.

달라진 것은 없는데. 단지 조금 지연되었을 뿐인데. 우리는 다시 언니를 병원으로 돌려보내기 위해 온 건데.

삼십 분 남짓 한 짧고도 긴 시간 동안 두려움과 계획은 흐려졌다. 녹아 사라졌다. 이상한 기분이었다.

이제 확실하게 표현할 수 있다. 그건 비상사태가 해제된 느낌이었다. 언니가 더한 비상사태를 만들어 내서, 잠시나마 고질적인 우리의 비상사태가 해소되었던 것이다. 잘못될까 봐 두려운 순간에 마음이 희한하게 고요해지는 것처럼.

우리가 길을 찾아왔기 때문에 느낄 수 있었다. 집에 머물렀더라면 불안에 잠겨 가까스로 숨을 내뱉고 있었을 것이다.

그래서 나는, 내가 왜 길을 찾아다녔는지도 알게 되었다. 그 순간에는 비상사태라는 걸 잊을 수 있었기 때문이다. 걷는 다리와 움직이는 몸과 계속 바뀌는 시야 덕분에, 길 자체에 집중해야 하기 때문에 나는 내가 속한 상황을 잊을 수 있었다.

그러므로 나는, 언니를 이해했다. 언니가 길 위에 있고 싶어 했다는 것을.

오빠는 노랫소리를 피해 골목 반대편 끝에서 통화를 했다.

"만났다고, 데리고 간다고 했어."

지친 얼굴과 목소리로 오빠가 말했다.

#33

"갯배를 타 보고 싶어."

공연장을 나온 언니가 말했다. 오빠는 언니를 쳐다보다 허, 헛웃음을 지었다.

네이는 양손에 끌어안고 나온 짐을 골목에 내려놓고 도로 챙겼다. 파란 줄무늬 돗자리, 얼음물통, 텀블러와 비치 수건에 물티슈. 완벽한 준비물이었다.

"너무 뻔뻔하지 않아? 지금 누나 때문에······."

오빠는 다시금 말을 삼켰다.

언니는 웃었다. 무엇도 언니를 상처 입히지 못할 것 같았다. 언니에게 원래 그런 방어막이 있었나, 아니면 네이가, 이 장소가 언니에게 보호막을 걸쳐 주었던 걸까.

"여기서 멀지 않아. 걸어가면 돼."

무엇을 하고 싶다고 말하는 사람에게는 그만 한 힘이 있다. 그 말에 따를 수밖에 없다. 하고 싶은 것이 없거나, 하고 싶은 것을 숨기거나, 있어도 발견 못 하는 사람에게는 그만 한 힘이 없으니까. 자석 곁의 쇳가루처럼 끌려가게 된다.

언니와 네이가 앞서 걸어갔다. 언니의 붉은 원피스는 바람에 흩날리고 자꾸 다리에 감겼다. 언니가 신은 가죽 샌들도 처음 보는 것이었다. 발에 익지 않은 신발이었나, 뒤꿈치에 밴드가 붙어 있었다. 옷과 신발은 네이의 물건일 것이다.

갯배 선착장은 작았고 갯배로 건너가는 바닷길도 좁았다. 고작 이십 미터 정도 될까. 오백 원을 내고 널찍한 판자 같은 갯배를 탔다. 건너편, 고가 밑의 동네는 사람으로 북적였다. 골목을 빠져나가니 주차장 건너로 하얀 모래사장이 펼쳐져 있었다.

풍성한 바람이 불어왔다. 계절을 잊게 만드는 바람이었다.

수영복을 입은 작은 아이들이 물가를 오가며 파도를 밟았다.

네이가 돗자리를 꺼내 모래 위에 깔았다. 언니와 내가 그 위에 앉았다. 네이와 모는 조개껍질을 주웠다. 오빠는 조금 떨어진 곳에 혼자 쭈그려 앉았다.

참 이상한 순간. 어쩌다 우리는 여기까지 왔을까.

바다 냄새. 덩굴 식물처럼 뻗어난 구름. 세상의 끝, 여름의 끝. 아직 한여름인데도 그렇게 느꼈다.

어린아이들이 해변으로 밀려오는 해초를 주워 모래 위에 쌓았다. 바다 냄새가 더 짙어졌다.

언니가 팔을 감쌌다. 조금 떨고 있었다. 나는 카디건을 벗어 언니에게 둘렀다.

"미안."

언니가 말했다.

"그래도, 좋지 않아?"

언니가 웃었다.

언니가 '좋다'고 표현한 그 무엇을 나도 느꼈다. 나라면 좋다고는 하지 않을 것이다. 나라면, 가볍다고 할 것이다. 추에 묶인 줄이 풀리자 내가, 우리가 이토록 가벼워질 수도 있다는 걸 알게 되었다.

꼭 돌아가지 않아도 될 것 같은 기분. 발걸음을 재촉하지 않아도 되는 충분한 시간.

언제 끝날 것인지 안달 내며 시계를 보아도 되지 않는, 길 위의, 길 밖의 시간.

모가 내 옆에 와서 주운 것들을 보여 주었다. 구멍 난 소라껍
질과 아주 연한 분홍색의 조개껍질과 엄지손가락만 한 게였다.
언니는 자기도 줍겠다며 일어났다. 오빠가 잠깐 언니를 쳐다
보았다.
네이가 이쪽으로 걸어왔다. 가방에서 마늘빵을 꺼내 나와 모
에게 주었다. 오늘 아침 속초 맛집이라는 빵가게에서 산 거라고
했다. 오빠는 안 먹겠다고 거절했다. 무시하지는 않았다. 오빠도
나처럼 느끼고 있는 것인지도 몰랐다. 언니를 돌려놓기 위해 온
건데, 우리가 끌려 들어온 것 같다고.

#34

이게, 삶인 걸까.

이 와중에도 우리는 살고 있다. 걷고 있다.

사물의 여러 측면. 인간의 여러 모습. 내가 진짜 확인하고 싶었던 건 뭘까. 그리고 자연스럽게 알아갔던 것은. 그 와중에 나는 몇 가지 가능성을 잡았고, 그건 막혀 있지 않았다.

모가 말했다.

"나는 한 번도, 살아 본 적이 없는 것 같아. 다른 사람이 어떻게 사는지를 보고만 있는 기분이야. 너는, 안 그렇잖아. 안 그래 보여."

"내가 어때 보이는데?"

"너는…… 너로서 살고 있는 것 같아. 길을 찾는 거, 그것도 그래."

"전혀, 그렇지 않아."

습관처럼 부정했다.

"난, 내가 계속 이럴까 봐 무서워."

모는 더없이 솔직하게 말했다.

네이가 말했다.

"나도 두려운 게 많아. 하지만, 사랑은…… 모든 두려움을 이긴다고 했어."

모든 것을. 죽음까지도?

그렇다면 내가 받았던 건 사랑이었나.

그렇게 많은 사랑을 받으면서, 동시에 망가지지 않을 수도 있을까? 받으면서, 확실하게 받으면서. 밀어내거나 의심하지 않고 온전히 받아들이면서도.

우리는 모두, 배운 것을 떠올릴 수 있다. 외울 수도 있다. 하지만 느끼는 순간은 그리 많지 않다. 매번 그렇게 마음으로 느끼다가는 계속 눈물이 나서 눈이 짓무를 것이다. 목이 막히고, 온몸이 떨려 와서. 우리의 마음이 딱딱해진 것은, 벽 혹은 담을 쌓고 있는 것은 그렇게 될까 봐서이다.

그러니 하루에 하나면 족하다. 어쩌면 일 년에 하나로, 평생
에 하나로 족할지도 모른다.

지금까지의 나의 평생에서는 지금이 바로 그 순간이었다.

#35

우리는 갯배 선착장 앞 골목에서 오징어순대를 먹었다. 언니는 어제는 닭강정과 감자옹심이를 먹었다고 말했다. 아주 조금씩, 아주 천천히. 설악산 케이블카도 탔고 대포항도 구경했다고 했다.

"실은 어제 갯배도 타 봤어."

언니가 태연하게 말했다.

"너희도 태워 주고 싶어서 가자고 한 거야."

오빠는 대꾸하지 않았다.

주차장까지 다시 걸어와 모두 함께 네이의 차를 탔다. 언니가 조수석에 타고, 뒷자리에 오빠, 나, 모 순으로 앉았다.

"음악 좀 틀게."

언니가 말했다. 아까 그 밴드의 음악이 흘렀다. 모는 노래가 좋다고 말했다. 오빠는 눈을 감고 있었다.

언니는 일단 집에 가서 씻고 싶다고 했고, 나는 집으로 가는 길을 검색했다. 파란 선을 따라 길의 이름을 읽었다. 가장 먼 길, 그리고 명쾌한 이름들을 가진 길이었다.

루트23.

속초 조광주차장 – 중앙로 – 동해대로 – 미시령로 – 동해고속도로 – 양양JC – 서울양양고속도로 – 미사대교 – 올림픽대로 – 여의동로 – 여의대방로 – 아파트 정문.

중간에 한 번 휴게소에 들렀고 모가 멀미를 해서 한 번 더 멈췄다. 언니는 모에게 자리를 바꿔 주겠다고 했지만 모가 거절했다. 우리는 모가 괜찮아질 때까지 강이 내려다보이는 도로변에서 기다렸다. 남은 마늘빵과 호두과자를 먹으면서, 낚시꾼들이 저녁 모기를 쫓느라 고군분투하는 모습을 바라보았다.

집에 도착했을 때는 열 시가 넘은 시간이었다.

네이는 모를 태우고 갔다. 우리 셋은 주차장에 서서 네이의 차가 아파트 모퉁이를 돌아 사라지는 것을 지켜보았다.

"서울은 역시 덥네."

언니가 말했다. 아스팔트 바닥에서부터 열기가 올라와 다리를 감쌌다.

"거긴 밤엔 춥더라."

언니의 붉은 원피스는 아스팔트 위에선 이질적으로 보였다. 속초까지 갔다 온 게 꿈 같았다.

"미안해."

언니가 다시 말했다. 오빠는 아무 대꾸도 하지 않았다.

이미 언니를 원망하는 마음을 지웠던 나는, 돌아온 것만으로도 안심했던 나는 그 상황을 제대로 파악하지 못한 것일 수도 있다. 하지만 얇은 느낌을 막아 버리니까. 모르는 게 나았다.

나는 언니의 팔을 끌어 팔짱을 꼈다. 언니 맨팔은 아직 차가웠다.

#36

내 기억은 여기까지이다.

몇 번을 반복해도 그 여름의 기억은, 돌아온 주차장에서 마무리된다. 그 뒤로도 여러 일들이 있었지만 그 순간이 완료의 순간이었다. 분기점, 혹은 갈림길처럼. 선택을 하지 않았는데도 시작되고 끝났다.

가끔은 블로그를 열고 수집한 길을 읽어 본다. 루트23. 속초에서 온 길이 마지막이다.

기록하지 않았을 뿐, 나는 길을 찾았다. 모르는 정류장에 내려 지도도 보지 않고 감으로 길을 더듬어 가곤 했다.

가끔은 길을 잘못 들었다. 너무 덥고 그늘도 없고 차들에게 계속 양보해야 하는 그런 길. 가족의 습성이 튀어나와 내가 했어야 했던 더 나은 선택을 속삭여 화를 돋울 때면 이 길은 과거와 미래의 수많은 길들 중 하나일 뿐이라는 걸 생각했다.

어디든 멈춰 서면 다시 길들이 보인다.

예상 못 한 곳에 이르르더라도 상관없다. 더 좋을 수도 있다. 제대로 길을 찾아볼 수 있으니까. 관성으로 가는 거 말고, 고민할 수 있고 고를 수 있으니까. 상상해 볼 수 있으니까.

일부러 길을 돌아가는 오빠처럼, 길 밖으로 빠져나갔던 언니처럼.

나는 더 멀리 가고 싶다. 멀리서, 돌아오고 싶다.

그러기 위해선 일단 멀리까지 가야 할 것이다.

마지막으로 기억 하나를 더 써 보려 한다.

모와 네이가 함께 길을 걸어 우리 집에 온 날, 네이가 가지고 온 보드게임은 부루마블이었다.

세계 도시의 이름을 하나씩 읊으며 그 도시를 살 것인가 말 것인가를 결정할 때, 우리는 세상을 가질 수도 있는 것처럼 행동했다. 플라스틱 미니어처 건물 몇 개로 축소된 도시들이 종이판 위에 가지런히 놓여 있었다.

방에 있던 오빠가 잠깐 나왔다. 부엌과 화장실을 오가고 자기 방에 들어가나 싶더니 우리 쪽으로 왔다.

"누가 서울 가졌어?"

오빠가 물어봤다. 모가 자기라고 대답했다. 오빠는 이기겠네, 한 마디 했다.

약하게 틀어 놓은 선풍기가 돌아가고, 네이가 상파울루에 어떤 건물을 지을지를 고민할 때 나는 마룻바닥의 흠집을 새삼스럽게 발견했다. 길게 긁힌 자국에 검은 먼지가 끼어 있었다. 우리가 이사 오기 전부터 있었던 거였을까. 시간은 길에서와 마찬가지로 집 안에서도 흐르고 있었다.

"네 차례야."

모가 주사위를 건넸다. 나는 주사위를 잡고 손 안에서 흔들었다. 네이는 내가 자기 도시에 걸렸으면 좋겠다고 말했고 언니는 분홍과 파란색의 게임 지폐를 세었다. 손 안에 서늘하게 닿는 모서리들, 나오길 원하는 숫자와 나오지 않기를 바라는 숫자. 앞에 펼쳐져 있던, 손에 넣었으나 아직 가 보진 못한 세상을 향해, 나는 주사위를 굴렸다.

글쓴이의 말을 쓰는 시점이 되면, 그러니까 책의 출간이 가시적인 일이 되고 나면—자의로든 타의로든 더 이상 고칠 수 없다는 것이 명백해지면—나는 첫 번째 작업노트를 펼쳐 본다. 그러곤 맨 처음 생각들이 고스란히 책의 중심이 되었다는 사실에 놀라곤 한다.

이야기를 쓰는 기나긴 과정 동안 모든 아이디어들과 문장들을 한 번씩은 뒤집고 탈탈 털고 버리고 했는데도 결국엔 처음으로 돌아오는 것이다. 짧게 반짝였던, 그리고 쉽게 사라지는 듯 보였던 처음으로.

그러면 굳이 고칠 게 뭐 있나, 첫 생각을 밀고 가면 되지 않나 싶지만 확신을 얻으려면 진득한 질문과 우회로와 실패가 있어야 한다. 아, 이 길이 아니었나 보다 하고 몸으로 깨달을 필요가 있는 것이다.

적어도 나는 그런 종류의 인간이다. 가 보지 않은 길과 해 보지 않은 일에 대해선 오래 후회를 품는, 별거 아닌 거 알아도 가 봐야 직성이 풀리는. 그리고 가끔은 별게 맞았다고, 오길 잘했다고, 쓰길 잘했다고 느끼는.

목적지보다 거기로 가는 길을 더 오래 탐구하고 반추하는.

이 책 『집으로 가는 23가지 방법』에 대해서도 똑같이 느끼고 있다. 목적지에 다다른 지금은 허전하다. 쓰고 있을 때가 좋았다 (물론 아주 괴롭기도 했다). 그러나 이건 책이니까. 누군가는 이 책을 읽고 그 길을 걸을 테니까 상당히 위안이 된다.

그 길에서 당신이 보는 것은 내가 본 것과는 아주 다를지도 모른다. 당신은 당신만의 방법을 찾아낼 것이다. 무수한 길과 생각들. 결코 완성되지 않을 것이기에 더 좋을 지도와 안내판. 그렇게 확장되기를, 바라고 있다.

길 끝에서, 미완성의 지도 위에서,
김혜진

닐 게이먼의 단편 「기사도」는 『다른 늑대가 있다』에 실려 있다. 닐 게이먼의 장편 『스타더스트』, 『네버웨어』, 『오솔길 끝 바다』도 정말 좋아한다.

보르헤스의 단편 「바빌로니아의 복권」은 『픽션들』에 실려 있다. 이 단편집에서 내가 제일 흥미롭게 읽은 것은 「틀뢴, 우크바르, 오르비스 떼르띠우스」이다. 이 이야기를 이해하기 위해 한 편의 짧은 소설을 쓴 적이 있는데도, 다시 읽어 보니 내가 정말로 이해했는지 확신할 수 없었다.

제인 에어가 책 밖으로 납치당하는 이야기는 재스퍼 포드의 『제인 에어 납치사건』이다. 후속 편인 『카르데니오 납치사건』도 아주, 어쩌면 더 재미있다.

집으로 가는 23가지 방법

ⓒ김혜진, 2020

초판 1쇄 발행 2020년 1월 30일
초판 5쇄 발행 2022년 3월 30일

지은이 김혜진
펴낸이 김혜선 **펴낸곳** 서유재 **등록** 제2015-000217호
주소 (우)04034 서울 마포구 잔다리로7길 18(서교동 377-20) 504호
전화 070-5135-1866 **팩스** 0505-116-1866 **대표메일** outdoorlamp@hanmail.net
종이 엔페이퍼 **인쇄** 성광인쇄

ISBN 979-11-89034-24-5 43810

이 도서의 국립중앙도서관 출판예정도서목록(CIP)은
서지정보유통지원시스템 홈페이지(http://seoji.nl.go.kr)와
국가자료공동목록시스템(http://www.nl.go.kr/kolisnet)에서 이용하실 수 있습니다.
(CIP제어번호: CIP2019052703)